秦腔缘

朱佩君 著

作家出版社
全国百佳出版社

图书在版编目（CIP）数据

秦腔缘 / 朱佩君著．-- 北京：作家出版社，2025.1.
-- ISBN 978-7-5212-3124-3

Ⅰ. I267

中国国家版本馆 CIP 数据核字第 2024WC1419 号

秦腔缘

作　　者：朱佩君
责任编辑：李亚梓
封面设计：贾　莹
出版发行：作家出版社有限公司
社　　址：北京农展馆南里 10 号　　**邮　　编：**100125
电话传真：86-10-65067186（发行中心）
86-10-65004079（总编室）
E-mail: zuojia@zuojia.net.cn
http: //www.zuojiachubanshe.com
印　　刷：河北星强印刷有限公司
成品尺寸：155×220
字　　数：162 千
印　　张：15.5
版　　次：2025 年 1 月第 1 版
印　　次：2025 年 1 月第 1 次印刷
ISBN 978-7-5212-3124-3
定　　价：88.00 元

目 录

秦腔缘 / 001
我的戏痴老爸老妈 / 005
梦回舞台唱秦腔 / 012
牵挂 / 018
下乡、下乡 / 023
我爱说秦腔 / 030
赶牲灵的哥哥哟我来了 / 035
夜宿橘子洲 / 040
塬上的姨妈 / 047
农庄雨后吴堡行 / 051
我在焦作卖山药 / 056
小草忆大树 / 060
神秘湘西 / 063
晚秋黄梨 / 069
思念儿时“半个城” / 073
嫂子荣萍 / 077
我看环渤海 / 085

往事记忆 / 087
心寄予笔 / 096
天堂去了个“兵马俑” / 099
王昆老师教我唱民歌 / 103
触摸在河之洲 / 107
走进“泥塑之乡” / 110
幽默的“邓大人” / 116
监护人的“中国梦” / 122
我的“博导”叫红孩 / 129
我和小镇有个约会 / 134
又见“西译” / 140
想念鱼生 / 144
空降物业做副总 / 147
巴黎米兰掠影 / 153
2017 年的最后一天 / 161
迪迪毛豆和小花 / 164
“缘泉”拾趣 / 169
猫娃娃，你在他乡还好吗？ / 173
秋天的落叶 / 177
老佩赶集 / 181
五十心语 / 185
城里乡下 / 189
唉！老佩的年啊 / 193
最爱是秦腔 / 197
我为购物狂 / 205

秋季到温州来看海 / 208
剧照背后的故事 / 216
我在茶园唱秦腔 / 222
日本剪影 / 227
辫子的约定 / 237
看望舒乙老师 / 240

秦腔缘

我生长在秦腔世家，父亲是县秦腔剧团的编剧兼导演，母亲九岁就以一出《走南阳》唱红了家乡陕西三原县城以及周围邻县，成为剧团里的台柱子，被誉为“九岁红”。父母的足迹几乎踏遍了大西北的每个角落，几乎是在妈妈的肚子里，我就开始受秦腔的感染，呱呱落地后，便接受了秦腔的洗礼。

小时候因为父母经常下乡演出，有时实在不能照顾我们姐妹，我们便被送到乡下，由外公外婆抚养。外公是一个忠实的秦腔爱好者，并且会讲很多很多的戏文。我们的童年，很少听到美丽动人的童话故事，却常常能听到外公在窑洞里微弱的煤油灯光下声情并茂地讲着一本一本的老戏文，外公的情绪常常随着剧本里各个角色不断的变化而变化，兴奋时他还唱上几段。我们也都聚精会神，听得津津有味。外公一生最为自豪的就是有一个名演员的女儿。每当听到从县城回来的人说：“叔，今儿个晚上亚萍的戏，队排得长得连票都买不上。”那时候的外公心里别提有多高兴了，他得意地摸一摸自己花白的山羊胡子，脸上露出会心的笑容。最令人难忘的就是外公即将远行离开这个世界的那一时刻，家族里大大小小几十口人围在窑洞里外公的土炕边，等待着外公的临终遗言时，谁料躺在炕上已有数月，生命垂危的外公此时却忽地坐了起来，使出浑身力气唱了一段花脸唱段《斩单童》："呼喊一声绑帐外……"，待整段唱腔唱完后，外公便倒下头驾鹤西去，带着他老人家一生钟爱的秦腔，走到了他人生的终点。

上世纪八十年代初，一个偶然的机会，是美丽神奇的戏曲，是古老而独具魅力的秦腔，让我终于实现了小时候的梦想，考入了向往已久的艺术摇篮——陕西省艺术学校，从此开始了我的艺术生涯。老师慈母般的精心培育，加上自身的努力，我终于以优异的成绩结束了七年的校园生活，分配到了令人羡慕的西北五省最高的艺术殿堂——陕西省戏曲研究院。从此，流光溢彩的舞台，高亢激昂、优美动听的秦腔艺术成为我一生的追求和最爱！花团锦簇的舞台，优美的音乐伴奏声在伴随我渐渐地成长……

离开舞台已有数年，不管我身在何处，都忘不了生我养我的家乡，魂牵梦绕的还是委婉动听的秦腔。记得在马来西亚生活工作的那段时间，有一次我同老板一起从马六甲往槟城送货，望着旅途上异乡的美丽风景，不由得把我的思绪带回了故乡陕西那浑厚淳朴的黄土高原上，口中禁不住又哼起了秦腔。五个小时的行程，我足足唱完了《火焰驹》《窦娥冤》两本大戏，剧中的生、旦、净、末、丑一个也没少地齐唱个遍。那时的我完全地投入到剧情之中，喜、怒、哀、乐尽现脸上，当我唱到斩窦娥时已悲愤交加，泪流满面……"朱小姐，你是不是生病了？”老板满脸狐疑地看着我，并给我递来了面巾纸。老板的问话把我从戏中的角色里拉回到了现实当中，我急忙接过老板手中的纸巾，擦拭了脸上的泪水不好意思地说：“哦，没事没事，我是在唱我家乡戏秦腔呢。”后来在马六甲的一家有名的酒店“好世界”举办的一次好友会上，我正式地把秦腔介绍给了他们，我告诉他们西安不仅有气势恢宏的秦兵马俑，还有着流传了上千年的古老剧种——秦腔。

每次回到家乡，最有意义的事情就是家族聚会演唱秦腔，这事总是由父亲操办，吹、拉、弹、唱均是家族的亲戚。常常是由母亲激情饱满的一曲小生戏《英雄会》作为开场，父亲韵味十足的《诸葛亮撑船》排在第二，我呢，早已按捺不住，总是要找一段最长的最煽情的唱腔美美地过上一把戏瘾。表嫂声情并茂的《三娘教子》禁不住催人泪下。曾获得陕西电视台举办的业余演员《戏迷大叫板》季军的表姐也总是少不了一段成名作《砍门槛》，老姨妈已经七十多岁了还要争着唱一段《探窑》，小姨、姨夫、姐姐、弟弟、表弟、表妹等等……大家都争先恐后，当仁不让，你方唱罢我登场，热闹的气氛常常引来周围的邻居竞相观看，有的也即兴献上一段参与其中。

如今，来到北京已两载有余，秦腔一直伴随着我的生活，有我参与的活动，就会有秦腔的声音。每当我看到别的剧种进京演出的消息，我就发自内心地替秦腔着急，我多么希望在京城里能看到家乡的秦腔，让京城的人了解秦腔，欣赏秦腔，熟悉秦腔这个大剧种，也能让热爱家乡的北京秦人大饱一下耳福、眼福啊！好在京城有个同乡会，聚集了几千名陕西乡党，大家都非常热爱家乡，喜欢秦腔。同乡会每年搞聚会时，就会请来几位家乡的秦腔名角为大家助兴。大家亲如一家人，吃着家乡饭、讲着乡音、听着秦腔心里别提有多高兴了。场面真是盛况空前，热闹非凡。这种时候，我也会乘机一展歌喉，大过一把秦腔瘾。

2004 年 6 月 2 日

我的戏痴老爸老妈

尽管已经入秋，三秦大地的天气还是灼热得令人窒息，不分昼夜，热浪袭人。就是在这样的天气下，我七十多岁的“戏痴”老爸朱文艺，带着老妈和一群离开舞台数年现已转行从事其他行业却仍为戏曲发狂的人，在没有任何收入的情况下凝聚在一起，团结一心，大战三伏，硬是在短短的四十天里，排练出了由老爸和高明波叔叔历时四年精心创作的新编眉户现代剧《樱桃红了》。此剧讲述大学生村官高志强放弃城里优厚的工作待遇，回到村里担任村官，并与村里黑恶势力作斗争，带领村民脱贫致富的感人故事。

八月二十五日下午，三原县人民剧院里座无虚席，观众时而叹息，时而欢笑，时而落泪，看得是那么专注、那么投入。随着剧情的深入，观众的掌声此起彼伏，久违了的火爆场面令人感动。大幕徐徐落下，观众还迟迟不肯离去，纷纷议论着：“这戏太接地气了，就好像是咱们身边发生的事儿。”一位由家人陪伴坐着轮椅来的老戏迷激动地说：“县剧团这些人消失十多年了，一下子又从哪里冒出来了，不简单！”观众纷纷称赞：“认真，卖力，个个都是好把式！”我看到舞台上一张张曾经熟悉的面孔，激动的泪水涌满了眼眶。

我从小生长在县剧团，是看着剧团的戏长大的，那些个熟悉的秦腔声音已融入到我的骨子里。剧团的往事历历在目，记忆里依旧是那么清晰——

上世纪八十年代的三原县剧团，不但在陕西赫赫有名，更是享誉西北五省区。演员条件好，行当齐全，乐队的阵容强大，舞美堪称一流。曾经排演了《劈山救母》《清风亭》《梨花狱》《丹青泪》等脍炙人口的好剧目，在陕西文艺界引起了强烈的反响，深受广大戏迷朋友们的喜爱，许多戏和演员连续获得省上的大奖。一九八八年年底，兴盛的三原县剧团还配合省电视台举办了当年的春节戏曲晚会呢。那时候，剧团上演的剧目大多都是由老爸编剧或改编，并兼导演和演员于一身；老妈是剧团的骨干演员，多为大戏的主演，还凭借在秦腔折子戏《汲水》中的精彩表演，获得了一九八八年陕西省“农行杯”中青年演员秦腔大赛一等奖。

自打我记事起，剧团就常常四处下乡，到边远的山区去演出，足迹遍及西北五省区，我们与父母总是聚少离多。由于剧团长年下乡在外，一走便是三两个月，演员们根本没有时间照顾孩子，所以我们姐弟是散养长大的。我十岁那年除夕的早上，剧团要去韩城的桑树坪煤矿演出。偏偏在这个时候，姐姐突然患急性肠胃炎住进了医院。那天很冷，凛冽的寒风中夹杂着雨雪。望着背着铺盖卷、提着碗盆准备出发的爸妈，我哭着说：“爸、妈，我姐住院哩，疼得迷迷糊糊的，你俩这一走，丢下我们可咋办哩?”妈妈已经哭得眼睛红肿，爸爸含泪拍着我的头说:“娃呀！实在没办法，我跟你妈不下乡，好多戏都没法演了。剧团这一大家子人，家家都有难处，实在不敢丢下啊！我娃大了，也懂事了，把你姐照顾好。实在不行，就去找你三姨妈来帮忙吧。”说罢，爸妈很无奈地登上了装满道具的卡车。望着渐渐远去的车子，我哭得跟泪人儿似的凝固在风雪中。

有一件事，是妈妈一辈子的痛！外婆为我们家付出了很大的心血，把我们一个一个带大。在外婆生命垂危快要离开这个世界的那一刻，最后一眼最想看的就是她老人家最疼爱的女儿——我的妈妈。可是剧团远在他乡，不能及时赶回。家中大大小小几十口人围在外婆身边，外婆用微弱的生命苦苦期盼，嘴里喃喃地念叨着妈妈的名字。姐姐号啕大哭，几度跑到村口高喊:“妈，我外婆在等你，你快回来呀！快回呀！”临了，还是三姨妈对外喊了一句:“哟，亚萍回来了。”外婆这才合上了双眼驾鹤西去。

到了九十年代末期，随着网络时代的到来，各种新媒体文化娱乐形式的出现，戏曲市场受到了很大的冲击，逐渐变得萧条起来。就连农村过事，都是放电影，请洋鼓洋号、歌舞杂技等助兴。即便是有几场秦腔演出，观众也是寥寥无几。除了上年纪的人听戏，年轻人对秦腔更是漠不关心。在这种形势下，本来红红火火的三原县剧团渐渐解体了，剧团的人们一时间没有了着落。为了生计，有的干脆摆起了地摊，开起了面馆，年轻力壮些的就靠骑三轮车载客度日。最可怜的是靠演戏生活了一辈子的一位双目失明的老艺人，几次对生活绝望，甚至想到了自杀。没有了舞台，大家只能把眼光盯在了农村的红白喜事上，一场三十元的收入苦苦支撑着一个家庭的生存。在那种情况下，我安慰父母说："没事，有我呢。"爸爸叹着气说："娃呀，不光是钱的事情，没戏演了，我和你妈就没处挖抓了么。"

几年前，我和两位好友从北京驱车回西安。一进陕西，大雨倾盆。艳说："佩，先到三原去看看你父母吧。"到了家，门口一把大锁把我们隔在了院外。邻居告诉我："你爸妈到麦流村演戏去了。"我们三个当即决定去麦流村。城北十里的麦流村那时还是凹凸不平的土路，刚一进村车轮胎就陷进了泥坑里。无奈，只能深一脚浅一脚地踩着泥水往村里走。此时，远处的大喇叭里渐渐传来秦腔的声音，顺着音乐向前探寻，眼前的一幕真把我惊呆了！只见前面昏暗的灯光处搭着一个小小的戏台，台口依次排列着长龙似的花圈，戏台旁的大门被白纸包裹着，一群穿着白色孝衣的人配合着乐人们吹奏的哀乐，从村里到村外来回游走，迎接着一拨又一拨放声号啕着前来祭奠的人们。啊？原来是村里办丧事。霎时，一种莫名的情绪涌上心头，好丢面子呀！我的爸妈咋能参加这种演出呢！于是，我三步并做两步跑到台前，当看到扮好妆准备上场的爸妈时，眼泪不由得"唰"地掉下来，气冲冲地说："爸妈，你俩这是干啥嘛？"爸妈顿时愣住了。演丑角的李叔叔看出我心中的不快，拍拍我的肩膀说："君君，别怪你爸妈，剧团现在散摊子了，没收入，能接几个红白事，大家还有口饭吃。丑是丑，一合手，演戏行行都不能缺，有你爸妈参加，大家还都能凑到一块解决个温饱。尽管我娃你经济宽裕能养活你爸妈，但他俩在舞台上一辈子了，你不能让他俩短了精神么。"环顾围坐在火炉边候场的叔叔阿姨哥哥姐姐们，我一时间无语了。

说实话，同别人家孩子相比，我们和父母是有距离感的。在这个问题上，我们姐弟仨一致认同。有一次我们聊天，弟弟说：“小时候每逢放学阴天下雨，看到同学的父母拿着雨伞早早地在学校门口等候，我便会四处张望，期盼着咱爸妈也能来学校接我一次，结果总是令我失望。我脸上流着泪水夹杂着雨水一路狂奔回到家中，雨水洒落一地，心里的委屈和难过是语言无法形容的。每每想起这些，我都理解不了咱爸妈，究竟是为了什么呀？”

两年前，弟弟的突然离世，给我们这个原本欢乐祥和的家庭带来了沉重的打击。世上最惨的事莫过于白发人送黑发人，父母的精神彻底被击垮了，悲痛欲绝的父母甚至失去了生活下去的勇气。看着弟弟唯一的儿子我可怜的侄儿，再望着躺在床上失声痛哭的父母，我真是心如刀绞地痛！我和姐姐日日守护在父母身边，真不知用什么样的语言去安慰整日悲泣绝望的二老。那段时间，多亏了昔日剧团里叔叔阿姨们以及爱好秦腔的爸妈的戏迷们，他们轮流到我们家来劝慰我爸妈，借着帮助学习秦腔的名义，让他们分散注意力，这才把父母慢慢从痛苦中带了出来。

去年夏天老妈因胆结石住院，我在医院照顾。此时，恰逢老爸已定居在深圳的学生张娟回县学戏。老爸不但自己全力以赴地在炎炎烈日下义务给学生排戏，竟然还把我从医院召回一起辅导他的学生。排练场地就设在小区院里，我们投入的排练引得邻居们竞相观看。

医院里，手术后的妈妈躺在病床上打着吊瓶，插着引流管，痛得不停地呻吟。看着老妈如此难受，老爸冲我眨了一下眼睛，然后若有所思地对妈妈说："明天在新兴村有一场戏，别的角色都配好了，就差一个老旦，戏份儿不重，你看你能上不？"老妈顿时眼放光芒，顾不得插着吊针的手半撑起身子，用渴望的眼神看着老爸说："就那一点戏，应该没问题吧？"老妈情绪的瞬间改变，那种渴望演戏的心情，引得我们哈哈大笑。秦腔能治百病啊！瞧瞧，这就是我的戏痴父母。

今年六月我回三原县，可巧爸妈要去参演一场群众自发的纳凉晚会，我们便全家出动，抱着二老的重孙子乐乐，四世同堂出现在了晚会现场。爸妈联袂主演的秦腔经典剧目《三娘教子》实在太精彩了！老两口七十多岁了，嗓音还是那么洪亮，表演激情饱满，不由得催人泪下。侄儿林林感慨地说："没想到爷爷奶奶演得那么好，把我这不爱看戏的人都给感染了，我真的有点爱上秦腔了。"外甥女可可说："姥爷姥姥唱得美得很！让我乐乐长大了跟着他们学秦腔。"姐姐忍不住吐槽说："这两天老妈在家总说不舒服，腿软头晕，走路都摔跟头，你这会子看一下，啥病都没有了。一上台便精神抖擞，老两口一个比一个唱得美，晚会都变成了他俩的大PK了。"是呀！一登上舞台，老妈那些个不舒服呀，全抛到九霄云外去了。戏大如天！舞台犹如他们的生命。真是秦腔人、秦腔魂啊！

去年，受习总书记文艺工作座谈会讲话精神鼓舞，老爸按捺不住激动的心情，连番找自己的学生李敏谈心，鼓励他办剧团。李敏不辱使命，在县文体局领导的大力支持下，很快就集合了四十余人。他们把开面馆、做司仪、蹬三轮等昔日剧团的精英聚集一起，创办了一个新的戏曲团体——新艺剧社。老爸不但将自己和高明波叔叔创作四年之久的剧本《樱桃红了》无私奉献给了新艺剧社，还主动担当起导演兼演员的重任。

《樱桃红了》首演成功了。在总结会上，大家争先恐后发言，老爸的学生翁君丽激动地说："朱老师，你这个戏疯子，领着我们一群小戏疯子，疯了四十多天，疯出了成绩，疯出了自尊自信，疯出了情谊，老师，谢谢你！"一席话说得老爸热泪盈眶，连声说："不要谢我，没有县文体局领导的支持，没有演艺公司的协助，没有大家的努力，我一个人能干个啥。你看你们史德、王亚萍老师，作曲田传熙老师，司鼓王玉龙老师都基本与我同龄，都拼着命地在干，谁心里不憋着一股劲。咱好多人就像消防队员，哪里失火就扑到哪里去救急，又是演员又兼乐队，不分主演配角，大家都任劳任怨。一段唱腔几十遍地唱，一个身段几十遍地练，每天拍完戏人就像从水中捞出来一样。乐队的同志更为辛苦，一坐下去就是三四个小时，风扇里吹出的热风更加速了身上流淌的汗水。再看看咱社长李敏，不但把自己的全部积蓄投入在剧社里，还带领全家给咱们做好后勤。作为你们的老师、《樱桃红了》的编导，我真诚地向全体参演人员说一声谢谢了！大家辛苦了！"

我的戏痴老爸的话语，我的戏痴老妈的坚强，和那些与他们朝夕相处的演员们，他们的精神使我联想到，他们不正是这个时代所需要的不忘初心、不言放弃、继续前行的最可爱的秦腔人吗？作为他们的晚辈，我衷心地祝愿他们，继续去追逐他们一生为之奋斗的秦腔梦吧！

2016 年 9 月 21 日

梦回舞台唱秦腔

人年纪大了，不知不觉地爱唠叨，爱忆旧了。而且，对秦腔的眷恋更加浓厚了！就连梦里，常常都是几十年前的人和事，舞台上的那些个瞬间。尤其是在陕西省艺术学校上学时的画面在梦里频繁地出现。校园的生活，还是那么清晰；许多幽默生动的小故事至今忆起，还是忍俊不禁。

1980 年，我的母校陕西省戏曲学校（后改为陕西省艺术学校）位于文艺路 13 号（原火线文工团内）。两扇斑驳的铁栅栏大门面冲西开，进门右手边也就是南向的四层小楼便是集教室、学生宿舍及教师住房于一体的综合大楼。大门正对面是墙上写有“为人民服务”的老排演场。学校的师资队伍还是相当不错的。老师里最有名气的当数著名秦腔表演艺术家、被誉为“火中凤凰”的马兰鱼老师了，那个《游西湖》里的李慧娘啊，真是演绝了！当然也有享誉西北的名须生刘恒天老师，《劈门卖画》是老师的拿手好戏。英俊武生冯改民老师的《黄鹤楼》那是非常了得，英俊威武的活周瑜啊！小生岳天民老师《游西湖》

里面的裴瑞卿梢子功夫堪称一绝。还有许多从各地调进来的优秀演员，强大的阵容组成一流的教师团队。那时候，也正是老师们在舞台上盛放异彩的年龄，偶尔也会有一些排练和演出。这样一来，练功场地就非常紧张。因为排练场常常会用于一些重要的训练和剧目上，所以我们只能在院子的水泥地上专业课，跑圆场，练碎步，踢腿……每每提起，我眼前还会浮现出我们一群小学员双手叉腰在夏天的烈日下或冬日的飞雪中围成一圈跑圆场的情景：老师站立圈中，喊着："挺胸，收腹，抬头，向前看……""双手并齐，手指朝上，眼看拇指……"那些熟悉的声音至今还萦绕在我耳边。

我们 1980 级是"文革"后的第一批拥有中专文凭的戏曲幸运儿，全省统一招生，总共有 120 多名学生被录取，据说是万里挑一啊。那时候，我们享受的是国家体育运动员的伙食待遇哦。谈起伙食，许多生动有趣的画面就会重现。因那时候粮食紧张，每人每顿饭只有半个细粮馒头，但是厨房门口的地面上堆放着几大笼热气腾腾黄澄澄的发糕是随便享用的。我们这些淘气的孩子，总是把上面点缀的红枣儿抢着抠出来吃掉，剩下一笼满身小洞的发糕在笼中发呆。水泥地上摆着的几盘炒菜倒也算够吃，最美味的是，顿顿都有带鱼呢。当时哪来的那么多带鱼啊？好东西也架不住天天造啊。说实话，后来还真的有点吃腻了。学校福利很不错，时常会发苹果、橘子、西瓜、红枣等给我们。冬季里还发军大衣、狗皮褥子、暖壶，等等，一应俱全。

最搞笑的莫过于第一次学校登记练功服，我问："最大的鞋和衣服号是多大呀？"对方答："最大的是男娃里最高个子的号 110 号，鞋是 39 号。”我不假思索地说：“那我就挑最大号吧。”对方满脸不解地望了我一眼，也没说什么。

期中考试时，趣事发生了。排练场内，悬挂着“团结　紧张　严肃　活泼”的前排整齐地摆放着一排桌椅。记得那是考毯子功，参加考评的老师们坐成一排。坐在正中间位置的史雷校长，脸上架着一副特别小的窄边眼镜，眯缝着眼睛，看得非常认真投入。说时迟，那时快，只见一只白鞋“嗖”地腾空而起，直接飞落在史校长的桌前。校长拎起桌上这只大白鞋，再望一望个儿不高、穿着超大练功服、光着一只脚站在对面的毛愣愣的我，疑惑地问：“这是你的鞋子？”我擦了擦头上的汗水，怯怯地说：“是。”史校长从鞋子里掏出许多垫在里面的纸，无奈地笑着问我：“为什么要穿这么大的衣服和鞋子呢？”我小声嘀咕道：“我妈说要大点儿的能穿好多年呢。”班主任张老师说：“瓜子娃，学校每年都会给你们发衣服哩，要选合身的穿。你看，这像是个麻袋把娃装进去咧。”一番话惹得全场师生哈哈大笑。

一年后，我们便进入剧目排练了。当时旦角戏有《断桥》《盗草》《鬼怨》《杀生》《挡马》《常青指路》等几个秦腔经典剧目。会给我分哪折戏呢？那几个剧的人物形象和戏词在我的脑海里反复重叠，期待满满地，等候角色分配。“朱佩君，《烙碗计》里马氏。”啥？我没听错吧？启蒙戏让我学媒婆扮相，丑得要命的婆子？我瞬间泪如雨下，感觉自尊心受挫，整个人崩溃了。为这事，我整整哭了好几天呢。史校长语重心长地对我说：“只有小演员，没有小角色，一个好的演员要善于塑造各种不同的人物。”这句话对我的启发非常大，也让我很受益。

1983 年我们搬进了新校址，还是同一条文艺路，在文艺路南端与建设路交会的东南角，南与公路学院毗邻。简易的练功棚北边一排小平房是我们的学生宿舍，我们女生大宿舍的西边是学校食堂。那是我们步入青春期正发育的时间段，因为粮食不够吃，淘气的我们常常溜进厨房做点小手脚。还发生过许多生动有趣令人捧腹的事呢。我还清楚地记得人生第一次写给父母的那封信，内容是这样的："爸、妈，最近同学们都在吃苹果和炒面，我也想吃苹果，再来些炒面（把生面粉炒熟）。"书信内容言简意赅。提起苹果，不由得让我想起那次下了好几天的大暴雨。深夜我们正在熟睡，"咔嚓"一声巨响，房顶裂开了，水泥渣块瞬间砸了下来。我们十几个女生惊慌失措地逃出房间，冲入对面的排练场避难。就在那么危险的时刻，我还不听劝阻，执着地返回宿舍，摸黑在湿漉漉的地面上搜救出我那没舍得吃的几个大苹果呢。

谁承想，入学三年后，我的体重竟达 138 斤，变成了学校四大胖之首（这个纪录在校期间还没人打破过）。肥胖的体形自然分不到满意的角色，但我有股子倔劲，就是不服输！同学们排什么戏我都默默地在旁边跟着学，不论文戏武戏，我都会记得滚瓜烂熟，至今也未曾忘记。"俊奎社"当时在学校也小有名气，那是我们利用课余时间和几个同学一起练唱的地方。因为是由学司鼓的焦俊武同学和学须生的陈奎同学发起，所以我们就亲切地称为"俊奎社"。不管春夏秋冬，几年间，"俊奎社"的自发练唱从未中断过。

后来，同学们渐渐地开始和老师一起同台唱戏了，唯有我因自身条件太差，一直没有上台的机会。争胜好强的我总是心中不服，于是，给自己定了一个苦练计划。晚上劈着叉入睡，夜半醒来腿脚麻木到没有知觉。每天凌晨四点起床，偷偷翻窗进排练场，借着夜色跑圆场。那天夜里正在苦练，忽听外面田老师喊：“谁在里头？”听见开门声，吓得我急忙跑到台口用大幕布条包裹起自己来屏住呼吸。“啪啪”地刀皮子抽向幕布，疼痛难忍，我只得站了出来。田老师听了我的解释后，笑着对我说：“刻苦是好事，老师支持你，但是也得注意休息。下次不要再半夜翻窗子了，危险！下回来找我，老师给你开门。”听罢，我的心好暖啊！说真话，那段时间我的长进还真大呢。别看我胖乎乎，侧空翻、小翻、旋子、刀枪剑戟、团扇、折扇、水袖，等等，那些个戏曲程式动作和高难度技巧我都基本过关了。老师们看到了我的努力，慢慢地多了些对我的关注。但是，因为个人条件限制，漂亮的旦角戏我是别想了，不被人重视的老旦这个行当，成了我的看家本领。由于行当讨巧，我又擅长表演，所以，在学校的许多折子戏里都有露脸的机会了。

1986年的那次全国七省市艺术院校梆子戏会演让我至今难以忘怀。学校唯一的一台折子戏参演，其中《三上轿》《秦雪梅吊孝》两个剧目都有我的角色。好激动人心啊。真是只有小演员，没有小角色！只要认真，功夫是不负有心人的。总之，戏校七年的生活，忆也忆不尽，道也道不完啊！

昨晚，梦中我又站在舞台上演秦腔了，好像演了好多本大戏呢。有跟省艺术学校同学和老师一起演的，有跟原单位陕西省戏曲研究院秦腔团一起下乡演的，也有跟随老爸老妈坐着转点的马车到邻县演的。最清晰的就是如今跟北京春晖剧社在梅兰芳大剧院舞台上演《火焰驹》了。梦里人物、场景、剧目切换得非常快，生、旦、净、丑我都唱，一会儿似在乡下露天舞台唱《断桥》，一会儿又好似在剧院舞台上演《游西湖》，总之，把熟悉的那些个老秦腔桄桄子唱了个一溜够。仿佛是在天水的一个村子里，露天的舞台下面坐着满满的观众，聚焦的舞台上唱响慷慨激昂、苍劲悲壮的秦腔，老佩悲愤哀怨地唱《窦娥冤》(杀场)“忘不了……你把我儿女看待，忘不了……忘不了养育情恩重如山……”我深情投入，泪流满面……“咯咯咯……”一串清脆响亮的公鸡打鸣声，把我的剧情打断了！伤心的泪水竟把枕巾都湿透了。这讨厌的公鸡，你倒乱叫啥哩嘛！你好赖等我把戏唱完你再打鸣嘛，人家的戏瘾还没过够哩就让你给搅乱了！哎！我也真真是戏痴一个呀！

静下心来，我时常会想起戏曲研究院张全仁老师当年说我的那句话：“这娃天生就是个演戏的料，要不当演员实在太可惜了！”可我也不知怎么的，命运偏偏让我脱离了舞台，告别了我挚爱的秦腔。但秦腔在我魂里梦里骨子里扎下了深根。眷恋是秦腔！最难忘的是秦腔啊！

2017 年 12 月 16 日

牵　挂

父亲这次真病倒了！虽说他自己一直都不愿意承认现实，但医学结果很残酷地告诉他，大脑梗塞了！腿脚真的不听使唤了，说话舌根也开始发硬，倔强一生的父亲躺在病床上情绪低落，难以接受这突如其来的变故。住院期间常常趁人不备，偷偷溜下床，咬着牙在病房楼道里来回走动锻炼，整得我时时把心悬在嗓子眼上，寝食难安！天真的老爸对我说：“再打几天针就可以出院了吧？下个月除了惠民演出的事之外，还有几场戏要演。”听罢，我心里酸酸的，不忍心告诉他从此他钟爱一生的演唱事业即将结束了！思量了半天，我婉转地对他说：目前先配合医生把病看好，等彻底恢复好了再想演戏的事。坐在床边的老妈这几日言语少多了，每当老妈眼神触及老爸身上时总是带着忧伤，不时转过身去暗自落泪。姐姐本来血压就高，老爸这一病她身体也吃不消了，但不顾自己的身体状况，依然跟着忙前忙后，还不时地找一些能使父亲开心的话儿来调侃一下，缓解一下气氛！说真话，弟媳是做事最有章法的人，临阵不慌，安排妥当。检查拍片这些个前后左右楼跑跑颠颠的事均是弟媳一马当先，很是辛苦，但从无怨言！父亲是一个最注重形象的人，这阵子他总是唠叨说：“这次怎么了，腿咋这么不听话呢？是不是真要和那些患脑梗的人一样一瘸一拐的了吗？如果真是那样可咋见人呀！”我安慰他说：“不会那么糟糕的，好好配合医生治疗，坚持锻炼，很快就会好起来的。就算是以后走路真有点不那么利落也没啥大不了的，我会给您买最漂亮的拐杖代步，你看好多名人绅士年轻时就拿着个拐杖，多绅士啊！就是个装饰品，那样多有风度啊。”老爸听后似乎很感兴趣，见他高兴，我就直接打开淘宝，为他选了一款德国进口的时尚拐杖。网购还真是方便，两天后就收到货了。打开包装一看，老爸果然很高兴。一个劲儿地夸我孝顺！

自从有了这拐杖，老爸这运动可算是停不下来了。这不，清晨从病房溜走，我和姐姐上下楼地找个遍也未见踪影。我们俩焦虑不安地从窗口向下探寻，意外地发现拄着拐杖从大门处向内游走的老爸……哎！这个倔强的老头呀！烈日炎炎的，您真的都不怕热吗？咋那么不听话呢！您也可怜一下我这一夜未眠的女儿吧！

看着老爸的身影，不由让我的回忆倒流到四月份……那时应该正是脑梗的潜伏期。那天我正在农庄修剪花草，突然接到姐的电话：“君君，要是不忙回来一趟吧，爸住院了。”啊！平时精神头那么足的老爸怎么就住进医院了。接到电话我便坐不住了，下午就飞回老家去医院陪伴老爸。倔强的老爸总是说：“没事，打两天针就好了。不要大惊小怪的！”这不，刚住几天就吵吵着出院了。

那晚“呜……咔咔咔”一阵火车的轰鸣声把我从刚刚入梦的状态中惊醒。刺耳的轰鸣声简直快把我的脑子都给震爆了。算了一下，这样的惊动总共有三次。次次动静巨大，天哪！就似从我头顶穿越一般！本就被失声、感冒、发烧困挠着的我，现如今再加上这番刺激，让我这虚弱的人儿如何吃得消啊！

我就奇了怪了！我每次回家都会多少经得几次这样的情况。也曾经强烈建议过要给南面临近铁路的窗户上加装隔音玻璃，可是总会被父母驳回。老两口会找各种理由，比如装后屋子里太闷；也没听到过多少次啊；听这声音习惯了，猛地没了反倒睡不着等原因阻止我的行动。其实我心里最明白，老两口是怕我再花钱啊！

老妈说：“你现在也是五十岁的人了，给自己手上留几个钱以备不时之需。我跟你爸又现在情况好多了，除了几千块钱的退休工资，你爸还时不时地被外县请去编戏，导戏。老了还更红火了，也有了额外的收入，花都花不完。要装窗户额自己装，你就不用再操心了。”老爸说：“对了！你的孝心我和你妈都领了。现在最大的问题就是你自己把自己经管好。不管是身体和工作都得重视好，不叫我老两口给你操心就好咧。”说罢，老爸继续在网上写他的新剧本，老妈转进厨房做饭，又在各自的战线上忙活起来了。

又是一夜未眠，咳嗽不止。嗓子哑得彻底说不出话来！郁闷啊！快十天了都不见好且愈加严重，这到底是怎么了呀？回家是看望突然身体不适老爸来着，结果一进家门自己偏偏不争气地躺下了。还得劳烦老妈忙前忙后地照应着，心里实是不忍但又无奈！实在是让人惭愧！三原的天气尚如初春，微雨中略带凉意。想必是昨日的小风又把我吹着了。隔门听见爸爸在客厅对妈妈说："刚刚出门倒垃圾不小心摔倒了。"我听得这一通急，连忙爬起来开门去看。只见老爸气定神闲地坐在对面书房的电脑桌前又上网下起了象棋，仿佛刚刚什么事都没发生一样。反倒回过头对我说："起来这么早干啥，咳嗽了一晚上没睡好，快去接着睡去。你妈在厨房做饭哩，等饭好了再叫你。"唉！我心里说不出的滋味！不一会儿，房门推开了，老妈进门拿个牙刷对我说："你上次用的牙刷都不要了，这新牙刷给你放这了啊。再睡会儿，饭一会儿就熟了。"说罢，掩上门又去厨房操作去了。

可怜天下父母心啊！

看着老爸如今失落的神情我真是非常自责。那时候如果不听老爸的话，在医院坚持治疗，也许就不会发展成现在这个样子！

昨晚病房楼下南边的广场处猛地传来秦腔打击乐的开锣声，躺在病床上患病郁闷几日的老爸突然眼睛发亮，趁人不防备，偷偷挣扎爬起来，拖着偏软的双腿挪到窗前跟着鼓点拍着节奏唱了起来！看着老爸我的眼泪再也忍不住了，躲在卫生间泪流满面，窗外的一切对他来说是多么的期盼呀！

9 点 19 分，九寨沟突如其来的地震，顿时将整个住院部搅乱了！慌乱一片，嘈杂声一片，惊恐中，病人在护士的指挥下纷纷往楼下跑去……

十四层啊！对于脑梗病人来说，下楼是多么艰难的事啊！最不可思议的是平时走路都艰难的许多病人此时跑得比谁都快，看来人的求生欲望是多么的强烈呀！

花园避难，老爸嘴里不经意间还哼着秦腔，额滴个神呀！

他全不把地震当回事。后来得知是九寨沟地震波及这里，不会有大碍。大家便陆续上楼休息。

晨起，医院又恢复了往日的秩序。打扫卫生，查房，“早餐来了”的叫声又在楼道回响……

额滴神呀！就好像昨晚上的地震没发生似的。

吃罢早餐，老爸便唠叨着十月份他自编自导自演的《樱桃红了》要在全县巡演。何时能治好出院呀……昨晚陕西电视台五套播放了由老妈参加的秦腔《赵五娘吃糠》，大清早妈妈就收到好几个粉丝打来的问候电话。盛赞老妈宝刀未老，嗓音洪亮。老妈瞬间神采飞扬，这心里乐的呀，再看我老爸，腿脚稍见好转，竟扔掉拐杖在我面前舞起了趟马（戏曲程式动作组合）吓得我随时准备搀扶以防他摔倒，否则后患无穷！我的戏痴父母十一岁相识，十八岁相爱，一辈子形影不离，就连这住院都相伴在一起。妈说她一天看不见老爸心里就不踏实，相濡以沫五十多年谁也离不开谁了！他们生命中最重要的事就是“演戏”。如果演戏能治病，那还要医院做什么呢?

住院十多天，老爸就显得不耐烦了！见天吵吵着要出院。这不，家里又变成排练场了。

向父母来学戏的人儿络绎不绝，真是门庭若市啊！回家两日，秦腔不绝于耳，戏迷们的热情也真让我感动！父母倾心付出也让人动容！就连今天刚回到家里的外甥孙都被映入眼帘的这一切弄蒙了！刚学会说话嘴里就会说“戏戏”！我的戏痴父母啊！万物皆浮云，唯有秦腔才是他们的挚爱啊！

2017年8月16日

下乡、下乡

送戏下乡，是演员的天职。

神仙、老虎、狗，是对演员下乡生活最生动的比喻……

童年的我常常是被父母带着，乘坐马年、拖拉机，好一些的是大卡车，随剧团四处转点下乡，眼见的都是背着铺盖卷，用网兜提着脸盆饭碗等生活用品，破旧的戏箱和布景中间那个缝隙往往是我最幸福的避风港。住宿好点安排在村民家里居住，很多时候是在村里学校里打地铺，剧团里的人们给它起了一个很好听的名字——卧龙草。风起的日子，寒风透过破烂的窗子直蹿入我的骨髓。这才让你领略什么是寒风刺骨。地上潮湿外加阴冷，大家便缩进被窝把头捂住，双腿圈起来让冻成冰块的双脚感受一下温暖。剧团下乡要自带伙食，自带锅灶。常常是炒上一大铁锅烩菜，有时也会做些连锅面，再配上切成粗条的大头菜。粗菜淡饭，倒也吃得开心。我晚上总是凑到台口看戏，所以幕后工作者的辛苦我打小儿就看在眼里。《游西湖》里吹火用的松香包，从台口点燃向台上抛去便形成一条火光冲天，营造出神奇的视觉。《劈山救母》圣母飞天，二幕后五六个壮汉子压着一个碗口大的木椽子，台上椽口处绑着一个小木栅栏，演员从舞台踩上木架，从低到高慢慢升起，还得边唱边演，给台下观众呈现出似真似幻的仙界圣境。而能如此完美地表演，全靠后面五六个汉子的把控和技巧，是个很费力气的活计啊。要知道，奉献给观众的完美表演是付出了多少幕后人的汗水啊！

父亲是一个不折不扣的戏痴，他的学生是他最大的希望和动力，为学生，老父亲费尽了心力。竟无视我这个女儿的存在。

记得那年我应该十岁左右，爸爸带着学生队从三原西张村往西安灞桥区转点。夜色降临，住在农民家中的我揉着惺忪的眼睛走出屋门，超常的安静让我有些不安。住户家也未见人影，出门了走至村头，遇到了神色慌张的小燕姐。这才知道，转点的车走了，把我们俩给落下了。那时候，也不知哪来的勇气，我竟在大路上拦下一辆煤车，俺俩坐在煤堆上一路颠簸到了灞桥。顺着大喇叭里刺耳的调音响声音找到了露天的舞台。瞧！老爸正热火朝天地指挥着大家装台呢。我溜到他的边上，想让他发现我的存在。可是老爸他哪能顾得上我，明天的演出对他来说才是最重要的事呢。那一刻，我伤心得眼泪哗哗地流淌。老爸呀！难道我是捡来的孩子吗？

从小受秦腔熏陶，十二岁时我正式考入陕西省艺术学校，正式成为一名戏曲演员，开始七年的学习生涯。十五岁开始登台，真正开始下乡、到乡村、到厂矿，是在我十七岁那年……

记得那是一九八五年，临近毕业的前两年，我们开始实习，到陕甘宁三省区进行为期近两个月的下乡巡回演出。我们翻过六盘山，驻扎大油田，走过盐池、大水坑、红石峡，等等……陕甘宁的许多地方都留下了我们的足迹。

近两个月的下乡生活，给我留下了许多珍贵的、难忘的记忆……

乘坐大轿子车长途跋涉，在曲折的道路上行进，一路颠簸，一路欢歌。经过近十小时的车程，天黑我们抵达第一站长庆油田所在地甘肃省庆阳市。夜黑风冷，同学们在老师的指挥下装卸道具车，抬戏箱。将近两卡车的服装、道具、灯光、布景等被移至室外光秃秃的舞台上，然后开始装台。男同学和老师负责装吊杆——高危行业；我们女同学在女老师的带领下学习绑幕布，大幕、二幕、沙幕等，把圈好的幕布打开，把沿头一排排的带子系在吊杆上，待等吊杆上升到位，层次分明列于台口，灯光师就开始调光，试景。灯光开启，五彩缤纷的亮光照在身上，我们的小脸儿被照得暖暖的。寒冷之后，感受暖光照耀真的透着点小幸福呢。一个小时后，原本空冷的舞台被我们打扮得绚丽多彩，花团锦簇，舞台装好了。

当然，最值得炫耀的就是我们不用自带铺盖，所到之处均是招待所安身，比起县剧团的下乡待遇，我们是明显上升了好多。饭食也通常是几菜一汤，加上面条、馒头、米饭等，晚上演出结束还会有一顿宵夜。说实话，还是蛮幸福的。

谈起学校下乡，不由得让我有点悲催感。因我体态肥胖，上台机会实在不多，便被老师安排为演出打字幕。那时候的字幕也就是放长条幻灯片。我的工作岗位位于露天观众席偏左居中处。观众进场前我就开始幕前准备。对光区，对句词，上圈架。广场上一阵狂风掠过，我瞬间冻成冰球：脚趾好似粘贴在冰冷的地面上已无知觉，两腿透风彻凉；耳朵冻到烧疼，头皮冻到发麻；两只冻得红肿的胖手哆哆嗦嗦地随着剧情的深入卷动着幻灯条。

观剧中，观众为剧情所吸引，时而悲泣，时而开怀大笑；或沉静，或窃窃私语。几百人上千人看戏的场地，井然有序。观众自带坐椅，高低不齐，人潮涌动，喝彩声不绝于耳，掌声雷动，气氛壮观。

有时遇到雨雪天气，戏也不停。看戏的群众或撑把油伞，或披着一片塑料布，有的压根不惧风雨认真观剧。一动也不动，看得聚精会神，一双双眼睛盯着舞台，情绪随演员的表演而大起大落。叫好声、鼓掌声此起彼伏……慷慨激昂苍劲悲壮的秦腔回荡在天外……

我的心情也随着剧情而转变，手也不停地随剧词转动着。人常说"经历就是财富"，感谢经历，让我学会了、牢记了这一本本、一折折的经典剧目。为我后来的文学创作也打下了良好的基础。

有个小插曲我至今记忆犹新，想起来实在有趣。大班的姓苟的师兄见我整日里列席风中，不免动恻隐之心。那日买来烤红薯一个与我分享，谁料这一幕偏被好事的同学发现，举报给政治主任，将此事列为"朱苟事件"。为此我还被老师批评教育，写过深刻的检查呢。

我们学校的《窦娥冤》《游西湖》《五典坡》（我演宝钏娘）《铡美案》（我演国太）等戏演红了陕甘宁三省区，足迹遍布……

一九八七年七月十四号。那天是我人生中永难忘记的日子，也是给我们全家带来惊喜的日子。省艺校毕业等待分配的我意外地接到秦腔团的通知，借我到团里参加下乡演出。这就意味着我有可能会被秦腔团接收。多么激动人心啊！

几天后，我这个陌生面孔连同三位同学一起随团登上了前往凤翔县下乡的轿车。我小心翼翼地打量着这辆轿车，脑子不由得和父母所在的县剧团下乡场景做比较，真是天地之差呀！就连卸车装台都有大大的不同。大院团舞美队很专业，我们除了帮忙抬抬戏箱，装台的事基本用不上我们。住宿安排在县招待所，天哪！真幸福哦。刚刚安置下来，我仔细打量着这干净整洁的四人一间的屋子，幸福感油然而生。由于初到怕生，我便静静地待在房间里等团里通知。不一会儿，一位女老师风风火火地推开房门冲我说："女子，拿个包包跟我领苹果去。"啊！还发苹果？我怯生生地跟在王老师后面随她去领果子。说来真是缘分，王老师是第一个接近我的人，她叫王婉丽，性格泼辣，心直口快，演戏煽情，是一个绝佳的好演员。后来，她成了我的师傅。

演出实践中，我才慢慢地感悟到，人人感觉不起眼的老旦行当，原来也可以绽放它的魅力！"没有小角色，只有小演员"，是啊，这句话讲得太有道理了！

由于行当讨巧，大家都不抢不争。所以，年轻轻的我很快就和名家同台，在舞台上崭露头角了。真没想到，我的表演竟被那么多的名家老师看好，除了配演老旦，还给了我一些意外的惊喜。竟然连《墙头记》里头大怪媳妇这种年轻的、穿红着绿的角色也分配给我演。天哪！做梦都没想到啊！当我看到化妆镜里贴鬓插花、红妆娇韵的自己，美得都不敢相信这是自己。演出成功了！我的脚根也渐渐地站稳了。

难忘甘肃天水的那次下乡，记得那晚演的《窦娥冤》，左红老师扮演窦娥，我扮演的蔡婆婆。《杀场》我刚上场一句“放大胆杀场——来、来、来祭奠……“一串趋步扑倒台口。“好……”随着一片叫好声，掌声顿时响彻夜空……

演出结束，后台出口已围得水泄不通，当观众看到卸妆后的我竟是一个不满二十岁的孩子时，纷纷称赞道：“这娃演得太好了，本以为是四五十岁的老演员哩，没想到是个娃演员。”“哟，这蔡婆婆这么年轻，唱得美！好把式！”那是一个令我心情振奋的夜晚，那一夜，我第一次用毛笔给观众签字留念。那一夜意义非凡。老旦这个行当给了我这么大的荣誉，我要珍惜，更要努力啊！

还记得和著名表演艺术家任哲中老师合作演出的《抱妆盒》(《狸猫换太子》里面的一折)，任老近六旬，我刚二十整。他演陈琳，我演刘妃。我们这一老一少的在舞台配合默契，演出效果绝佳，整场掌声不断。感恩老一辈艺术家对我的提点，给了我施展才华的空间。

更难忘与秦腔表演艺术家郝彩凤老师合作的秦腔现代戏《江姐》，我扮演的双枪老太婆，郝老师演江姐。我们的年龄相差近三十岁，悬殊很大，但舞台上丝毫没有违和感。此剧还作为精品剧目在九十年代初的陕西电视台年年播出呢。

那些舞台的瞬间如影随形，泾源县演过的《花枪缘》，固原县演过的《墙头记》，天水市上演过的《窦娥冤》……我多么思念那时候，多么留恋舞台上的每个瞬间……

几十年过后，我依然思念下乡的日子。热热闹闹的集体生活；诙谐幽默的语言交流；异彩纷呈生、旦、净、丑，花团锦簇的艺术展现……

那舞台下，狂风中，夹杂着黄土味的炒凉粉；烈日下，蹲在地上端一牙红沙瓤赛冰糖的大籽西瓜；秋收时，露天舞台周边各色摊点的叫卖声；春来时，舞台周边郁郁葱葱的树木花草……有时候，还真真有些留恋曾经睡过的卧龙草呢……

我爱说秦腔

上世纪九十年代末，陕西青年把讲普通话当时尚，不说几句普通话都不好意思与人交流。走在大街上，“醋熘普通话”又称“四八接合”（当时中央电视台为八频道，陕西电视台为四频道）不绝于耳。就是这种时尚，让那个年代的很多陕西城市里的娃娃们不知道该怎样与家人说话了。

记得剧团进京演出，一位老师特别想吃北京的烧饼，想了解店家烧饼的味道是否正宗，于是操着一口陕西普通话问旁边正在用餐的顾客：“同志，这个坨坨馍咋个像？”不承想对方用地道的陕西话说道：“再包问咧，撩咋咧，放心咥！”

到北京十多年，觉得还是家乡话说起来顺畅舒服，也没有刻意地学说普通话，也许我在语言学习上还有点天赋，到北京时间不长就能用很不错的普通话与人交流。尽管我自认为普通话说得很地道，也时常发生初次与人交谈就被问起：“你是陕西人吧？”

是呀，浓浓的乡音已渗透到我的骨子里，我是陕西人，我为此而骄傲！我没觉得说陕西话比说普通话差在哪里，何况陕西话曾经是中国历史上多个王朝的官话。很多人以为陕西话土，难登大雅之堂，其实这是大错特错，陕西关中方言被称为“雅言”。陕西历经十三个朝代，中国的文化、语言、文字，都是在此期间形成和创立的。陕西方言曾经是当时的官话，因此古汉语、《史记》以及唐诗，都需要以关中方言来读，才能理解其中的一些词汇，读出当时的味道来。也就是说陕西话曾经是标准的官话，类似现在的“普通话”。

陕西的很多乡党因早年离开家乡，工作、家庭、生活以及子女都在外地，几十年的耳濡目染、语言交流，口音就渐渐变得不伦不类。回乡探亲时，就常常因语言闹出许多笑话。

记得那年，村里在北京当兵的春胜哥回乡探亲，遇到圪蹴在门口晒暖暖的张家大爷。大爷高兴地问道：“哟！春胜回来啦。额娃你是野儿格（昨天）回来的，还是前儿格（前天）回来的？”“额是昨晚回来的。”兵哥哥操着一口醋熘普通话回答了大爷，脸上还透着一股子骄傲和自信。大爷听完很茫然，气嘟嘟地说：“这把他家的，把你哈涨滴，你哈坐碗回来的，你咋不坐盘子回来哩。”

不光是家乡人，外省市来陕西的朋友，也会因为语言上的差异闹笑话。几年前，我陪同几位北京的朋友游西安，因为离开家乡日子久了，所以对西安的好多路已经不大熟悉了。更何况城市发展、道路规划，以前的老路已经消失得无影无踪。无奈，只能边走边问路。行至东郊城乡接合处下车打听路径，老乡告诉我："从制哒（这儿）到喔哒（那儿）大约五里地，端走（一直走）就到。"朋友不解地问："为什么要端走，把啥端走，还是端着什么东西走？"呵呵，幸亏是我这个土生土长的老陕去问路，如果换成北京的朋友去问，估计路没问清楚怎么走，还会把老乡的啥东西端走。

近些年陕西人才辈出，小品演员、歌星、导演、影视演员成名成腕的特别多，尤其是张艺谋的电影更是把陕西话引入主流文化领域。作为陕西人，我很自豪。爱屋及乌，凡是讲陕西话的影视作品我都喜欢看，电视剧《武林外传》我就特别喜欢，风情万种的女掌柜佟湘玉，讲的陕西话实在是好听。我妈说："一部电视剧《武林外传》，一夜间让全国观众对陕西话有了新的认识。这一下，陕西可在全国扬名啦。以后说不定人人都会说陕西话哩。"妈妈讲的虽是笑话，但对家乡话的拥护和弘扬还是抱有很大希望的。

其实无论说陕西话，还是讲普通话，重要的是讲话的对象和场合。同乡党在一起当然说陕西家乡话，彼此间会有一种天然的乡情感。然而这也要分场合，在单位里哪怕是乡党之间谈工作，我认为还是说普通话为好，因为这样可以照顾到其他不是陕西人的同事，也是对他们的一种尊重。不过，凡是到我家做客的，不管你来自天南地北，额就说陕西话，额的地盘额做主，额就这么任性，谁让额是陕西人。

这话讲到兴头上了，老佩就奉上几小段方言小品给大家助助兴。

这是去年临近深秋的一个下午，老佩刚从繁华的市区回归到安逸的农家小院……哎！你叫我咋说呢？人一回到乡下哩，这空气也对路咧，吃饭也有味了，就连这搂活都觉得有劲了，耐你设这斯为啥嘛？一到城里心烦、头疼、睡不香，一天到晚心发慌一满跟不上城市滴节奏么！不像在乡下，早起翻翻土浇一浇花，咥饱了到村外再跑一哈，莫事咧，还可以到隔壁邻舍家里谝一哈，耳子舒坦滴搂不像啥啦。要不信，你也来体验一哈！

耳子舒坦归舒坦，老佩这几天也摊上不靠谱儿的烦人事。同城旅行网，九月二十六日办理的火车票退票手续，快一个月了也未收到退款。打了几次电话过去，总是说：由于你在火车站办理的退票，所以我们需要核实……最后都不了了之。你们收钱的时候咋就那么快呢！这点信誉都不讲，让人怎么再信任你！吐槽完同城，咱们再谈一下更不靠谱儿的去哪网吧，去年春上买的北京到上海及北京到西安的两张机票，由于工作关系，均未如期出发，退票时被告知只能退保险和燃油费，合着一千多元的机票钱就这样打水漂了！后又告知可在一年内使用，快到期时会发通知。当我前阵子准备改签用票时，接线员说：您的机票已过期。我问他们为什么不通知我呀？答：查过记录，的确是没有发过提醒通知您，但您的票真的过期了。我说：这是你们的责任，你们看怎么处理吧？答：只能重新帮您订票了，女士，目前还有几班七折的机票，您看帮您买哪班？可真行！我还敢买吗？

闹心的事吐槽完了，老佩气顺了，燃面咥起，吃饱咧额搂有力气下地搂活咧。日子一天天价搂这么过着，不知不觉搂可快到年跟前咧。这天，我刚饹了个锅盖，炒了盘线线辣子准备咥呀。猛格，电话响起，军事频道的美女姐姐王静打来的。她说是想做一个各地方言版新春贺词集锦（生活化的，搞笑的）问我能不能完成？么麻哒！碎碎个事。克里马擦开始行动：

猛格一哈，二〇一七年揍过七啦，二〇一八年嗡地一哈揍来咧。

新年里，大家千万要记住：办事包失急三慌、帽儿咕咚的，女人家不要老出七乱谝闲传，把屋里拾掇得停停当当的，不要老是脏马谈西的。

男的下了班揍乖乖地往回走，再包到外头胡尿浪荡，更不要在外头给别的女人家胡骚情！年轻轻的要学好哩，不要二哩巴支的、失事闯祸的，对老人一定要孝顺哩，学得有眼色些，说话要和和气气的，揍格事稳稳当当的。

年纪大的呢，也不要老觉着自己老咧，啥都弄不动咧，咋都要保持个年轻的心态哩！

过年了，挣俩钱不容易，得想开些，不要抠得细发得舍不得花，也不要老买些提不上串串的东西。

对自个儿好点儿，莫事到群里头逛嘎子，编个段子，谝嘎子。说不定路过的群里发个红包啥的，运气好你哈能抢几个。

哈哈，见笑了！我爱说秦腔。这就是属于老佩的快乐！

2017 年 12 月 8 日

赶牲灵的哥哥哟我来了

人生出来不一定是为唱歌的，但没有了歌声，人类的生活将是无味的。我自幼喜欢唱歌，尤其喜欢我们家乡的陕北民歌。

正值盛夏时节的七月二十日晚，北京一场罕见的大暴雨出其不意地淹没了农庄的每个角落，灌满了我苦心经营了大半年的开满鲜花的小院之后，竟然在夜半更深悄无声息地冲进了我的家中。

二十一日上午，与洪水斗争了一夜的老佩，拖着疲惫的身体抛下正在清理的现场，蹚过农庄的一片汪洋，带着满身的雨水，义无反顾地赶赴这次吴堡邀约！是啊！是那一首首动人心魄的陕北民歌，是那一首首脍炙人口的信天游，将我从雨中帝都带到这古朴的黄土高坡古窑洞旁。

“走头头的那个骡子哟，三盏盏的那个灯，哎哟戴上了那个铃子哟，哇哇的那个声……”

“一个在山上一个在沟，咱们拉不上话招一招手……”

这一首首承载着陕北人民的喜怒哀乐、悲欢离合，飘荡在黄土高原的山山峁峁、沟沟坎坎，千百年来经久不衰的陕北民歌深深地吸引着我。是那最朴实、最真挚的情感抒发打动着我，每一句话儿都是从心窝窝里掏出，不虚拟，不造作，用发自肺腑的呐喊讲述着一个个在贫苦生活中挣扎的男女爱情故事。

上世纪八十年代，一部由路遥同名小说改编的电影《人生》播出后引起了强烈的反响，其中主题曲《叫一声哥哥快回来》堪称经典，太动听了！从那时候起，我深深地迷恋上了陕北民歌。从《五哥放羊》《挂红灯》，到《赶牲灵》《三十里铺》《兰花花》，再到《羊肚子手巾三道道蓝》《对花》等等，几十年来，不管我身在何处，陕北民歌一直伴随我经历着时代的变迁，岁月的流淌。

熟悉我的人都知道我有两个最爱，一是秦腔，二是陕北民歌。有我参与的活动，必有秦腔和陕北民歌的声音。尤其是朋友聚会，大家总会点唱我最喜爱的那首《赶牲灵》。我对陕北民歌不但痴迷而且很专一。

前几年随采风团来到壶口，瞬间被眼前这气势磅礴、波澜壮阔的黄河瀑布震撼了！辉煌的自然景观深深地吸引住了大家的眼球，大家都惊叹不已，竞相拍照。这时，突然从背后传来："我说东方就一个红，太阳就一个升，中国出了个毛泽东，他是人民大救星。"这个声音魔法般地令我驻足。转身望去，只见滚滚黄河崖畔上有一位头戴白羊肚子手巾、身着土布褂子、腰系红绸腰鼓的陕北老汉在纵情高歌。我不由自主地接唱："一个在山上一个在沟，咱们拉不上话招一招手。"没承想他又回唱一首《三十里铺》："提起个家来家有名……"我们俩就这样一边唱着一边和着对起歌来。激情的对唱引得游客纷纷围观拍手叫好。

这时，我索性放声高歌："青线线那个兰线线"……游客的掌声热烈，我唱得越发忘情。老汉也越唱越来劲，竟唱起了酸曲儿："大红果子剥皮皮""拉手手，亲口口"，我也随即对唱，幸好未掉链子。我们边唱边舞，越走越近，我兴奋地舞起红绸子，陕北老汉打起腰鼓，摆出了经典的舞蹈造型，这场欢快的陕北民歌大 PK 就算结束了。真是唱不完的信天游抒不尽的情啊！那次对歌的情景我至今记忆犹新。

记得二〇〇三年王昆老师指导我唱陕北民歌《赶牲灵》时曾说的那句话："就用你秦腔的唱法，演唱时眼前要有画面，不要刻意地去找发声位置，就用陕西话最朴实地唱才会打动人。"老师的教诲我至今铭记在心。

这次为了参加纪念前辈作家柳青诞辰一百周年的活动，我有幸随中国散文学会组织的作家采风团，踏上了陕北这片热土来到了吴堡。

这里不仅是《创业史》的作者著名文学家柳青的故乡，更是毛泽东在一九四八年三月二十三日，率领在陕北转战了一年的中央纵队东渡黄河，前往河北省的西柏坡的出发地。当然，最吸引我的，还是因为它是陕北民歌《赶牲灵》的诞生地。

张家墕村，是著名的民歌之乡，也称腰鼓村，我们所住的同源堂宾馆就在此村依山而建。四周遍野枣树环抱，空气清新宜人。《赶牲灵》的作者张天恩就出生在这个村子里。好有缘啊！这对我来说是多么大的惊喜啊！

傍晚，夜幕低垂，黄土高原万籁寂静，同源堂窑洞宾馆在霓虹灯的衬托下显得格外明亮，别具风光。此时，大厅里唱响了我最期待的、亲切熟悉、动人心弦的陕北民歌。《一对对鸳鸯水上漂》《拉手手、亲口口》《羊肚肚手巾三道道蓝》……一首首耳熟能详的民歌被民间歌手演绎得凄美委婉格外动听。简直把我都听醉了。原生态陕北民歌实在太具魅力了！真是高手在民间啊！如此学习良机怎能错过。

会后，在县委宣传部的精心安排下，我们一行来到了张天恩的故居采访。这位民间音乐大师的传奇人生深深吸引着我。

那天，张天恩故居创办人张永强突然从旁边有人居住的窑洞里抱出一个镶满照片儿的大镜框，指着每一张照片对我们热情讲解。原来，张天恩不但是著名的陕北民歌艺人，还是陕北秧歌和陕北快板的能人。他青年时期赶着牲灵走三边，下柳林，为边区驮盐、送炭。沿路的沟沟坎坎、山山水水给了他创作灵感。他编唱出了《赶牲灵》《跑旱船》《白面馍馍虱点点》《十劝劝的人儿》等耳熟能详的作品。

听说坐在窑门口的陕北老汉是张天恩的徒弟，我便迫不及待地迎上前去，请老人讲述张天恩的鲜为人知的故事。他说：张天恩很重情义。天生一副好嗓子，深得十里八乡百姓的喜爱。更是迷倒了许许多多的陕北女子！他的歌声也为赶牲灵途中的弟兄们挣到了许多糊口的粮食。当时，赶牲灵的脚夫每人赶两头骡子，日行四十公里，黄土高原山陡路遥，地广人稀。脚夫们出行一次少则十天半月，多则一季半年，男女爱恋，无奈聚少离多。

“你穿上个红鞋街畔上站，把赶牲灵的人儿心搅乱。”

“我赶我的牲灵你开你的店，咱们来来回回好见面。”

唯有顺山飘飞的信天游，能给脚夫们寂寞苦闷的路途增添欢笑，使他们有了生机，也有了对美好明天的憧憬。

一个个缠绵凄美的爱情故事，演绎为一首首久唱不衰的信天游。做了一辈子脚夫的张天恩，正是有了这样一段刻骨铭心的人生经历，才在那种艰难困苦的条件下，创作了这首脍炙人口的《赶牲灵》。

陕北民歌背后的故事深深地打动了我。

我仿佛站在圪梁梁上，看见寂静苍凉的黄土高坡远处的点点星光下，一队队赶牲灵的脚夫牵着骡子在蜿蜒崎岖的坡道上艰难地行进。清脆的铃铛伴着骡子“嘚嘚”的蹄声从远处渐渐传来……“走头头的那个骡子哟，三盏盏的那个灯，哎哟戴上了那个铃子哟，哇哇的那个声……”歌声在坡上坡下回荡着。

我遥望着行进在山沟沟里的脚夫哥哥们，向他们深情地呐喊：“你若是我的哥哥哟，招一招手，赶牲灵的哥哥哟我来了。”

2016 年 9 月 2 日

夜宿橘子洲

旅游可以放松身心，开阔眼界，洗涤心境，旅游可以陶冶情操，感悟人生，增长知识。读万卷书，不如行万里路……

这是十月下旬一个休闲的下午，凉风渐起，秋叶金黄，处处呈现着收获的气象！正在寻思着去哪儿郊游？瞬间，手机铃声响起，意外地接到一个邀约电话，前往湖南和温州进行的美食之旅！哇塞，想啥来啥啊！听到美食，吃货的我顿觉精神抖擞。抵不住美味佳肴的诱惑，我便立即整装，星夜兼程……

湘菜是我最喜欢的菜系之一，早年在西安建设路小区居住时，街对面的刘三姐酒楼就与我结下了深厚的友谊。毛氏红烧肉、椒麻鸡、酸豆角肉沫……想起来垂涎欲滴……

到达长沙黄花机场已过凌晨一点，辛苦的接机人顺利地接到我向城内驰去。

深夜的长沙，川流不息的汽车银光闪闪，从高处看去就像一条条银河在流动。五光十色的灯光点亮了夜空，七彩霓虹把这个城市装扮得绚丽多彩。当车子驶过繁华的街区，我被眼前这一幕看呆了！哇塞！这里竟然比北京还拥堵，都近凌晨一点了，街头还是那么热闹，高楼林立的街道上车水马龙，街道两旁店铺霓虹闪烁，人头攒动。动感的音乐不绝于耳，外面人们行色匆匆拥向自己的目的地。望着街上熙熙攘攘的人群，我真真感到不可思议，夜生活如此丰富，长沙人民真有精力啊！难怪湖南卫视的娱乐节目做得那么成功，原来一切也是来源于生活，真正展现出湖南人对美好生活的追求和热爱，完美呈现出的蒸蒸日上的幸福喜悦。

夜色下的长沙被湘江环绕，沿江的美丽夜景、大好风光吸引住了我的眼球。生长在北方的我每每看到海啊江啊总会特别兴奋。何况这还是我第一次走进长沙呢！别说我矫情，还是让我感叹一下吧！夜色湘江，静水深流荡起粼粼碧波。水面银光点点，远远望去，河边的彩灯和天际的星星交相呼应，幻化成一幅美丽的风景画。真的好美！是那么的富有诗意，美得令人窒息！

接待方并没有给我安排市区里的宾馆，只是说会在一个特殊的地方居住，一定会给我带来惊喜！

热情的肖馆长便在街头超市为我们购买了毛巾、牙刷等洗漱用品。“朱老师，欢迎你来长沙。希望橘子洲给你留下美好记忆。”

“谢谢您！让您费心了！”我客气地回应着。“橘子洲又称橘洲、水陆洲，它位于长沙市区对面的湘江江心，是湘江下游众多冲积沙洲之一，也是世界上最小的内陆洲。橘洲，西望岳麓山，东临长沙城，四面环水，绵延数十里，狭处横约 40 米，宽处横约 140 米，形状是一个长岛，是长沙重要名胜之一。”馆长绘声绘色的讲解引发了我浓浓的兴趣。

经过橘子洲大桥，我忍不住打开车窗向外眺望，湘江两岸五彩斑斓，在灯光照映下，更把一种曲线美演绎得淋漓尽致。

我瞬间喜欢上了这美丽的地方，静夜里我将细细品读它的故事……

距离市区五公里处的湘江江心的橘子洲此时万籁俱静，喜庆的中国结路灯静立道路两边，水面宛如漂浮在湘江中的一条彩带，环绕着橘洲……

江边杨柳低垂水面，似剪影般随风摇曳，好美！恰似一个个仙女轻抛长袖，婀娜多姿，随风舞动着它的妙曼的身躯……

好美啊！我禁不住激动的心情，我打开车门，走入这幅美妙的画卷……

这时，一缕浓浓的香味儿向我扑来。好香啊！瞬间沁透我的身心，激活了我的每一根神经，就连毛孔都舒张开来，我被它的香气儿融化，陶醉在它的气息里……美醉了！是桂花香？嗯——是桂花的香味儿。

朦胧中桂花树宛如一把把大伞支撑在晚风里，不由得让我称奇！这么大的桂花树我还是第一次看到，也许只有在温润的南方城市才能生长得这么健壮，茂密。在北京农庄，我也曾种下两棵桂花，但枝身单薄花开稀疏，虽有淡香，但总是感觉香味儿不足，有些不如人意。如今走近这一丛桂花树，霎时间已不是一缕飘香，而是一股又一股浓郁的香。似丰盈的少妇，那么滋润，又似火辣辣的湘妹子，那么奔放，那么富有诗意。

走过身旁的绿草坪，我似乎能听到它轻轻的呼吸，在灯光下形成半浅半深的渐变色，好似一对情侣相拥入眠……是那么安逸，那么温馨……

一组仿古式楼亭建筑傍水而立，错落有致，自然洒脱，江南园林风格把我引入了昆曲《牡丹亭》的意境中，我不由得扮起杜丽娘，哼唱起《游园·惊梦》。

望江亭是一座四角尖顶的建筑。金色琉璃瓦，配以雕花格窗，飞檐翘角，古朴雅致。静静地，它伫立江边看湘水静流……

月夜里，在幽静的林中小道游走，嗅到的桂花清香沁人心脾，听湘江水声舒缓音律；水声、远山相映成趣，真令人心旷神怡……

沿着依江而修的主道前行，温润的空气十分宜人。嗅着桂花弥漫在夜色中淡淡的幽香……好惬意啊！我带着遐想在幽静清雅的林荫大道漫步，偶尔抬头，从树枝交错的缝隙中眺望夜空，寂静长空，藏青色的帷幕上繁星点点，星星眨巴着眼睛，好似在对我抛着媚眼，又好似想与我轻言细语……身边景物在朦胧的月光的环抱中竟多了几分神韵，透着一丝静谧与安详。

一阵晚风拂过我的面颊，虽有一些清凉，但十分的沁心宜人。树影婆娑，在风中摇曳，水声潺潺，在繁星下流淌。此时，眼前这一切令我欣喜的景物，都在散发着自己独特的魅力。

我们在肖馆长的引领下向前游走，一幅巨大的毛泽东青年艺术雕塑展现在我的眼前。我惊叹不已，这么大的石像还真少见。馆长细心地告诉我，这个石像叫“毛泽东青年艺术雕塑”。它总高度 32 米，长 83 米，宽 41 米，以 1925 年青年时期的毛泽东形象为基础。突出表现毛泽东胸怀大志、风华正茂的形象。青年毛泽东艺术雕塑，跃然屹立在江中，向人们昭示着这位伟人在中国历史上的丰功伟业。

庄严肃穆的毛主席雕像在夜晚灯光的映衬下显得更加高大伟岸，让人肃然起敬。我怀着崇敬心情静静地从主席雕像旁走过，用敬畏的眼光仰望着人民大救星，嘴里不由得哼唱起来：

浏阳河　弯过了几道弯
几十里水路到湘江
江边有个什么县哪
出了个什么人
领导人民得解放
啊咿呀咿子哟
浏阳河弯过了九道弯
五十里水路到湘江
江边有个湘潭县哪
出了个毛主席
领导人民得解放
啊咿呀咿子哟……

离雕像不远处砌起一壁，上面用金字摹写毛主席的《沁园春·长沙》：独立寒秋，湘江北去，橘子洲头。看万山红遍，层林尽染；漫江碧透，百舸争流。鹰击长空，鱼翔浅底，万类霜天竞自由。怅寥廓，问苍茫大地，谁主沉浮？　携来百侣曾游，忆往昔峥嵘岁月稠。恰同学少年，风华正茂；书生意气，挥斥方遒。指点江山，激扬文字，粪土当年万户侯。曾记否，到中流击水，浪遏飞舟？

湘乡的橘子洲，本来就历史味厚重，又增添了毛主席的这首《沁园春·长沙》，便更加闻名遐迩了。

此情此景，令人感慨不已！不知不觉，便到了我们今晚的宿营地——长株潭两型社会博物馆。博物馆门前不远处灯火辉煌，引领着我的心和眼神向那方奔去。到近处一看，原来是一些革命先烈的雕像分别在岛上分布，蔡和森、萧子升、何叔衡、向警予等，看着雕像，背着主席的诗词，夜色中，我仿佛看到少年的毛泽东和一群少年同学在橘子洲头，在中流处戏水；在浪花里赛舟；看他们指指远景；听到他们发出问苍茫大地，谁主沉浮的慨叹，这样激扬的文字，给橘子洲头增添了一种伟岸的魂魄！谁曾想，一群文弱书生，一帮稚嫩的学子在发出天问后的岁月里，带领普天下热爱进步的人士，开创了一个崭新的世界，创造了一个全新的中国。

雕像被一棵棵生机勃勃的橘子树环抱着，黄澄澄圆溜溜的果实在月光下看着好可爱啊！

唐末李珣曾写下“荻花秋，潇湘夜，橘洲佳景如屏画。碧烟中，明月下，小艇垂纶初罢。水为乡，篷作舍，鱼羹稻饭常餐。酒盈杯，书盈架，名利不将心挂”的佳句，来描绘1200年前橘洲的江景。杜甫也曾为此写下了“桃源人家易制度，橘洲田土仍膏腴”的诗句来赞美橘洲。

眼前这数千棵一片片、一蓬蓬的橘子树硕果累累，耀眼可心，使人目不暇接。橘黄送暖，咋能让人不爱它呢！金灿灿的金球儿橘子挤满枝头憨态可掬。黄澄澄圆溜溜的果实在月光下看着好可爱啊！有的黄中透青，似青涩的孩童；有的躲在茂密的树叶中，似娇羞的少女。再看这一群橘娃娃挤在一个枝条上竞相争艳，淘气地拥挤着把树枝都压弯了腰。可爱的笑脸儿把我的心都暖化了。一盏盏小橘灯与地面灯交相辉映点亮着橘洲……

满眼橘黄惹人怜爱。我左顾右盼，眼花缭乱。赶快摘下一个品尝一下。

我剥开它那黄澄澄的皮，看见红润润的橘瓣，外面一层白色的橘络，将甜美的果肉包裹起来，多美啊，橘子的香甜味迎面扑来，橘瓣像一个个小月牙，掰下一瓣放入口中轻轻一咬，橘汁瞬间沁透我的舌尖。甜津津、凉丝丝的！实在太好吃！太美味了！

汁液进入我的口中，甜蜜渗透我的心底，生活如此甜蜜，令人陶醉其中。什么空虚寂寞无聊顷刻间抛之千里……

“朱老师，您一路辛苦了，现在已近凌晨三点，早点休息吧，明天还有更多好景等您参观呢。”在肖馆长的催促下，我意犹未尽地离开了橘园……

夜已深，我便在长株潭两型社会博物馆简单的办公室下榻了。虽说住宿条件有些艰苦，但此刻的心情却特别美丽。正所谓：“失之东隅，收之桑榆。”如果住在城市里的豪华大酒店里，哪里能有夜游橘子洲的这般情致，也许这就是东道主的良苦用心吧。

那夜晚，黄澄澄的橘子向我微笑，浓浓的桂花香弥漫在我的梦里……

2017 年 11 月 16 日

塬上的姨妈

我的姨妈今年七十五岁了。说起这个姨妈，其实与我家没有一点血缘关系，但她可是我们家的大恩人哪！和姨妈的交情，要追溯到四十五年前：那时妈妈演戏很出名，姨妈是她的铁杆戏迷。听妈妈说，因为在姨妈村子（百社村）演出时被安排住在她家，所以才有了后面的交情。妈妈说过姨妈曾做了一件令她和爸爸永远都难忘的事。那年去村里演出，突遇洪水暴发，妈妈不顾洪水急流冲上街头要去找到学校排戏的爸爸。姨妈紧紧抱住了妈妈把她拽回家，她自己却不顾危险抓着对面抛过的系在树上的绳子，蹚过快淹到胸前的大水，找到了被困在学校的爸爸，并把他接回了家。由于姨妈对我爸妈关照有加，所以关系就自然变得更亲近了！那时候，父母经常下乡，实在无法照顾我们姐弟仨，我们就被分头送到亲戚家中寄养。童年的我很多时候是被爸妈带着，坐着剧团转点的马车随剧团一起下乡，过着颠沛流离的生活。

当姨妈看见我冻得红肿的脸蛋和小手时，她心疼地对我爸妈说：“娃太小了，这样跟着剧团跑实在太受罪了。要不就放我这，粗茶淡饭总比常常颠簸好呀！在这至少不会让娃受罪么。”就这样，姨妈就担当起我母亲般的角色。冬天，她总是用攒下的时新棉花给我做暖暖的棉衣，给我纳鞋底做布鞋。记得那年天气很冷，姨妈为让弟弟穿上袜子而剪掉了姨父唯一的线袜。炕上睡着好几个孩子，仅有的两三床旧棉被，姨妈总是先给我们盖严实。从姨妈那里，我还学会了剪窗花呢！

那些年，每季粮食瓜果下来，姨妈都会推着架子车步行近三十里，翻过一个大坡把食物给我们送到家。红薯、棒糙子、面粉、苹果……几十年来从未间断。一九八〇年我考上了省艺校，报名前去塬上看姨妈，也向她们告别。姨妈拉着我的手，送了一程又一程。姨妈用长满粗茧的手，从贴身的衣服里拿出一个叠得方方正正的手帕，一层一层打开，将里面的三块钱按到我的手心里。“我娃到大堡子上学呀，姨妈替你高兴。也没多的给我娃，就这点我娃看着花。出门在外，一定要把自己经管好啊。”她站在土堆上恋恋不舍地送我离开。

我们姐弟仨都在姨妈无声无怨的照顾中一个个长大了。等姐姐有了孩子，父母又常年在外地演出，工作、孩子、生活常常困扰着纠结的姐姐。关键时刻，姨妈就会义无反顾地放下自己家正忙的农活和孩子，来到县城帮姐姐料理家务、带孩子，无怨无悔地承担起照顾我家第三代的义务。刚刚工作那几年，我还时常到塬上看看姨妈，后来因为我工作在外地，渐渐疏远了和姨妈的联系。

二〇一四年十一月二十九日，姐姐的女儿结婚，我意外地见到了久违的姨妈。姨妈激动地含着满眼泪花拉着我的手说：

"好多年不见我娃了，姨妈太想你了。知道你要回来，我早早地就来家里等着哩。"妈妈说："是啊！本来你姨妈有事来不了，听说你今儿个回来，就改了主意，昨天就到咱家来，就为了见你！"我紧紧地依在姨妈怀里，心里内疚极了！仔细看看姨妈，姨妈老了，头发白了，皱纹布满面颊。不过，姨妈的穿着打扮比以前洋了，身上得体的衣裳能显示出姨妈的日子过得很不错。我拉着她的手说："姨妈，跟我去北京吧，我想带您好好转转。"姨妈说："你敢让姨妈去？八十不出门，七十不留宿。尽管姨妈身体还硬朗，还能给我娃做几天饭，但老话咱也要当回事，万一给我娃捅个乱子可咋办呀！"

参加婚礼的人越来越多，我自然就得去招呼别人。姨妈静静地坐在沙发上，偶尔回头，竟然发现姨妈的眼神儿几乎就没离开过我的身上。多善良的姨妈啊！想到她刚才说过的她还想着给我这没心的人儿做饭！此刻的我，真的有点无地自容了。

第二日晌午，姨妈的孙子打电话来，说村里有人要结婚，非得请了姨妈回去吃宴席。我极力挽留姨妈，想让她在家多待几天，让我也有一个孝敬她老人家的机会。劝说半天，姨妈还是坚持要回去。听妈妈说，姨妈是因为自己身体不适，怕给我家添乱所以要走，怎么也留不住！临上车，姨妈不舍地拉着我的手，那饱含泪花的双眼，那已经老花的双眼一直望着我。姨妈含泪说："我娃年纪也不小了，自己要把自己经管好。如果有机会就到咱塬上来看看。现在变化大得很，咱村现在也成了红色旅游村，咱家以前的两个老窑现在都变成窑洞宾馆了，你两个姐日子也都好，你伯受哥现在也有孙子了。姨妈现在是四世同堂了。唉！人也说不准，也不知道我娃下次回来还能见上姨妈不。”我含着眼泪说：“能见，咋不能见呢！您要活一百岁哩！”车子徐徐地开动了，姨妈把头伸出窗外向我们招手……我站在风中，依依不舍地看着渐渐消失在视线里的姨妈。亲爱的姨妈，我那生活在塬上的姨妈，我们何时再相见呢？

2015 年 1 月 6 日

农庄雨后吴堡行

入夜，鼓噪吵闹的蛙鸣声、猫咪的嘶叫声将我从睡梦中惊醒。开灯看了一眼手机上的时间，已是凌晨三点多，起身下床穿鞋竟然一脚踩入水中。卧室里哪来那么多水？莫非在做梦？紧忙揉了揉惺忪的眼睛环顾房间四周，天呀！粉红色的拖鞋像一艘皮筏子上下起伏地漂荡在水面上，眼前的场景把我惊呆了。再看我的脚完全浸泡在水里，卧室中的水已经没到我的小腿肚。借着手机的电筒光线，深一脚浅一脚，蹚着水走到客厅一看，呵，猫咪们的玩具、装杂物的纸箱、几双拖鞋都浮在水面上。打开房灯仔细一看，额的神呀！竟有一尺长的蚯蚓在水中涌动。客厅门口的矮凳上蹲着一只青蛙，仰着头鼓着腮瞪着鱼泡眼直勾勾地望着我，似乎想对我说什么。爹呀！娘呀！我可爱的家变成了水上乐园了。蹚着哗哗的雨水走进厨房，眼前的一幕让我好感动，平日里一天打八次架的异性猫咪兄妹毛豆和小花妹妹紧紧地偎依在一起，惊恐地看着这突如其来的灾难……

这是 7 月 20 日晚，北京罕见的持续了四十多个小时的大暴雨淹到了农庄的每个角落。灌满了我苦心经营了大半年的、开满鲜花的小院之后，竟然在夜半更深之际悄无声息地冲进了我的家中。卫生间和厨房的地漏冒水，大门缝里进水，墙缝向外涌水，雨水夹杂着污水充满了家中的角角落落。可是龙王还照旧在兢兢业业地工作着，没有丝毫收工的迹象，大雨片刻也不喘息地倾泻着。暴雨倾盆，屋里屋外的水连成一片，就这样我与水的大战开始了。

持续到 21 日上午 11 时，我拖着疲惫的身体，离开正在清理的现场，蹚过农庄的一片汪洋，带着满身的雨水，狼狈不堪出现在周老师和红孩老师面前，随他们奔赴首都机场——去陕北吴堡。此时的我犹如灰姑娘，吴堡之行如同赴一次美丽的约会……

与洪水灾害斗争了一夜的我，做梦似的下午就抵达了陕北吴堡县。是什么样的魅力能让我忘记疲劳、放弃正在救援的家园，义无反顾地前赴这次吴堡邀约呢？是啊！是那一首首动人心魄的陕北民歌，是那一首首脍炙人口的信天游将我从雨中帝都带到这古朴的黄土高坡古窑洞旁。

吴堡县位于榆林市东南部，这里依山傍水，风景秀丽，人杰地灵，有着得天独厚的文化旅游资源。这里是当代著名作家柳青的故乡，还有柳青故居和柳青文学馆，让人们可以感悟柳青的创作与生活。这里是毛泽东在 1948 年 3 月 23 日率领在陕北的中央纵队，东渡黄河，前往河北省西柏坡的出发地。这里又有厚重悠久，建筑设计精妙，保留完好的被誉为“华夏第一石城”的吴堡石城遗址。

还有比肩壶口瀑布的黄河二碛，让人们可以感受母亲河的雄伟壮丽。更有上过央视《舌尖上中国》的高家塄村空心手工挂面之乡。老张家手工空心挂面让吴堡县声名鹊起。当然，最吸引我的还是因为这里是被誉为全国陕北民歌之首《赶牲灵》创作人张天恩的故居。有集炎黄子孙、各族姓氏文化于一体的同源堂，让人们可以寻根问祖，感受民族文化大融合的魅力；有罕见的天然优质温泉，让人们能缓解疲劳，休憩养生。美丽的大学生村官赵婷带着甜美的微笑绘声绘色、如数家珍地给全车的作家们介绍着吴堡的山水美景、历史文化、风土人情。

刚入吴堡，我便被眼前这原生态村野古朴的景色所吸引住了。有名的张家墕村，也是著名的民歌之乡和腰鼓村。我们所住的宾馆同源堂窑洞就在张家墕村依山而建。满山遍野枣树环绕，古朴的村落亲切熟悉，能近距离亲近黄土坡，感受陕北民歌的气息，真是圆了我长期以来想深入学习原生态陕北民歌的一个梦。

短短三天的行程让我充实难忘。顶着烈日骄阳、行走在吴堡的村村镇镇、黄河两岸，大家都很开心！时时感动着！热情的县委宣传部长李光泽、柳青文学馆创始人张永强、美丽的导游大学生村官赵婷以及县委县政府领导及参会的工作人员都给我留下了难忘的记忆。吴堡人的热情深深地打动着我。吴堡的原生态山山水水、枣树窑洞深深地吸引着我，瞬间我爱上了这个地方，迷恋上了这个地方。

最让人感动的是队伍中的两个文坛前辈八十二岁高龄的周明老师和年逾七十五岁的曹谷溪老师。两位年逾古稀的老人，紧紧随着队伍从未掉队，所到之处都认真地听讲解，细细地提问。走上位于半山腰上的柳青故居，爬上历史古迹吴堡石城，与年轻人一起下碛口到黄河边拍照，在毛主席东渡的地方合影，更是随大部队乘轮渡“东渡”到对面属山西省管辖的碛口古镇去参观，尽管汗水湿透衣背，却一路欢歌笑语，从未提一句累字！周明老师更是精神抖擞，永远走在队伍的最前头。大家都笑称他为年轻的“八零后”。值得一提的是曹谷溪老师在车上与李光泽部长给大家讲解陕北方言的趣事，让全车作家开心的同时还加深了对陕北方言的理解。陕北文化真是博大精深啊！在曹老师和陕北籍作家的对话中我有幸得知了《赶牲灵》的原始词句：“我赶我（的那个）牲灵哮你开你（的那个）店，哎呀来来往往呀常呀见面”；“你赶上（的那个）骡子哮三边去驮盐，哎呀我和互助组的婆姨们（噢）一搭纺线线”；“你穿上（的哪个）红鞋哮街畔（的哪个）站，（哎呀）把赶牲灵的（噢）人儿心搅乱。”多么凄美深情的歌词啊，得此原词我如获至宝，实在太珍贵了！

吴堡不但山美、景美、红枣美，它的古朴窑洞的特色美，更在于它的人美、心美、热情美，《赶牲灵》的歌声更是美上加美。红孩老师说：“老佩，你那么爱唱陕北民歌，这次就应该好好地做一次实地采风、多学几首陕北民歌，好好地感受陕北民歌的精髓之处。写出心里想说的陕北民歌吧。我期待你的好文章噢。”在周明老师和红孩老师的鼓励下，在李光泽部长的精心安排下，在县纪委书纪韩金花女士以及张永强先生的细心陪同下，我终于来到了《赶牲灵》作者张天恩的故居来采访这位民间音乐大师的传奇人生。沿着同源堂窑洞宾馆右边的小山路向山下走去，不一会儿一排正在施工的窑洞映入我的眼帘。

据介绍这是吴堡县为宣传这位民歌大王对陕北民歌所作的

贡献，在县财政并不宽裕的情况下，投资将张天恩的三孔窑洞修缮一新。几孔窑洞的屋内是打通的展室，依次陈列着复制的骡拉板车、骡子背上的鞍子、脖上挂的铃铛，以及张天恩当时家里的起居用品。据说《赶牲灵》的灵感，就源自张天恩驾着的这个板车上。展柜里陈列了各种版本的《赶牲灵》的歌碟以及张天恩创作的陕北民歌、发表的作品。这真是民歌界一笔宝贵的财富啊！张永强从旁边有人居住的窑洞里抱出一个镶满照片儿的大镜框，指着每一张照片对我们悉心讲述了作者鲜为人知的故事。张天恩不但是著名的陕北民歌艺人，还是陕北秧歌和陕北快板的能人。他青年时期赶着牲灵走三边，下柳林，为边区驮盐、送炭。沿路的沟沟坎坎、山山水水给了他创作灵感。编唱了《赶牲灵》《跑旱船》《白面馍馍虱点点》《十劝劝的人儿》等耳熟能详的作品。

短短三天的行程让我充实难忘。再见了！吴堡！我会好好地记录这个意义非凡的地方……

2016 年 8 月 16 日

我在焦作卖山药

没到焦作前，只是听说焦作是有名的煤城。这次有幸赴焦作参加“中国著名作家美丽焦作行”活动，才与这片神奇的土地亲切握手。

在焦作，走走看看，所见所闻，大开眼界！这里有着悠久的历史，这里有着深厚的文化积淀；这里有着秀美壮丽如诗如画的自然风光，这里也是中华太极拳的发源地，是魏晋贤哲“竹林七贤”，三国时期政治家、军事家司马懿，唐宋八大家之首的韩愈，晚唐著名诗人李商隐，在音乐、数学、天文、历法等领域创造了 12 项世界第一的明代“布衣王子”朱载堉等众多历史文化名人的诞生地和生活地。焦作，真是人杰地灵、物华天宝，祖国中原的宝地啊。

初冬来到焦作，正是云台山、神农山、大峡谷漫山遍野红叶灿烂的时节。这鬼斧神工的山、清澈见底的潭、飞流直下的瀑、蜿蜒流淌的溪，犹如仙境一般。这里一山一峡，都使人流连忘返。这里美景如画，深蕴着丰富的文化内涵！

青天河之水，三步一泉，五步一瀑。水依山而行，碧绿如翠，水面在秋风的吹拂下荡起粼粼微波，宛如一条玉带将山轻轻地盘绕回环。

徜徉在青天河畔，这清清河水、新鲜的空气，顿使我感到格外清爽。置身美景之中，深吸山水之氧，直觉周身轻松，心旷神怡。啊！太美了！我想唱！我不由放声地歌唱！唱起了陕北民歌和家乡戏“秦腔”。声音在山水间回荡……

我们边走边看，边开心地玩儿，那悬空的吊桥，那栖在河边的大片芦苇荡，那似童话般的小木屋，那铺着金黄色落叶的小径……深深地印在我的记忆里。朋友们不时举起手机或照相机，恨不得把眼前的景色统统摄入自己的镜头。我将油画般的美景不时传到了微信和 QQ 上与朋友们分享，顿时引起大家围观，好评如潮，还都没少了给我点赞哪！

啊！焦作的山水太美了！

“俺焦作的温县还是‘四大怀药’——就是怀地黄、怀山药、怀菊花、怀牛膝的原产地呢！”导游小刘不无自豪地介绍说。

哦，山药，这里产山药？我可喜欢吃山药呢，我急不可待地提议说：“咱们快去温县看看吧！”

主人欣然带我们前往。

当车子开到了温县乡间，但见前方夕阳渐渐落下，村子的屋顶上飘浮袅袅的炊烟，一缕缕的轻烟被秋风吹散，弥漫在空中……这似故乡的炊烟，似故乡泥土的气味。我仿佛回到了故乡，又嗅到了儿时的味道。

“快到前面看看。”

此时，大家都纷纷地奔向了田间。

初冬的中原大地显得有些荒芜，田间一蓬蓬的干草丛，地间一道道被犁过的翻新土竟让我有了新的发现——这是种山药的地界。我低头仔细搜索，沿着田间寻访山药的家园。咦！如花生米般大小长短的形状各异的山药蛋被我发现，我兴奋地不停拾捡。这时，周明老师一行竟跑在了前面。他高兴地冲我喊：快过来，这里是刚挖出来的山药。我沿着泥泞的地畔，踩着别人的脚印跑到他眼前。谁知我眼前的铁杆山药竟不像先前见过的山药那样直楞好看，它粗细不等，长短不一，长须满面，如成年人拇指一般，表皮颜色微深，凹凸不平，根茎有铁红色斑痕，毛孔凸相对较稀，皮薄；这是为什么呢？农妇告诉我：好吃的果子是歪瓜裂枣，现在看到的都是收购剩余下来的山药，没经过修剪，所以没那么好看，但它的口感却是非常好的！她说山药分为菜山药和药山药两种，菜山药比较粗壮，而药山药比较细长，因正宗的铁棍山药上有像铁锈一样的痕迹，因此得名铁棍山药。又由于我们温县的铁棍山药最出名，口感最好，所以人们在称呼的时候都喜欢叫温县铁棍山药。农妇如数家珍般娓娓道来……另一位农妇抢着说：我们的铁棍山药单支一般不超过四两，肉洁白不易氧化变色，属于四大怀药的怀山药中的极品。它富含丰富的蛋白质、维生素和多种氨基酸与矿物质，既能补脾肺肾之气，又能滋养脾肺肾之阴，为气阴双补之珍品。普通山药又称菜山药，没有铁棍山药的价值高。这时正在用工具深挖山药的一位中年农妇插话说：我们的铁棍山药还有生津止咳、补气益中、保健、养颜的功效呢。听罢农妇们你一言我一语的热情介绍，我才真正对铁棍山药的特点和功效有了清楚的了解。

嗯！有道理！我被农妇们现场的生动介绍所吸引，兴致所至，我扮演起了卖山药的农妇，想体验一下推销的乐趣，便与周老师、夏姐、杨莹一番讨价还价起来。我将手中沾着泥土的山药轻轻地折断了一段，只见它白嫩嫩，肉丰满、汁欲滴，别提有多新鲜啦。我喊：快来买，多好的山药呀！可他们三人竟扮演难缠的买主，挑拣再三，讨价还价，就是不说买。唉！这年月，生意难做啊！一场小品过后，一幕幕好玩的画面映入我的眼帘，只见作家们散布在眼前地畔，弯下腰在田间不停地拾捡。哈哈，原来大家都发现了好玩的小山药蛋，捡起一捧捧的山药蛋留作纪念，甚是好玩。我也不忘用手机记录下这一个个有趣的瞬间。

回到车上，山药的话题便成了热点。河南作家墨白老师手持一根新挖出的山药请大家尝鲜，大家就山药能不能生吃的问题展开了争论，幽默机智的夏（坚德）姐说：生吃没问题，就是怕吃后肠子过敏不好挠，脸上长须怎么办呢？一番言论，笑翻全场。当然，我这“随团记者”不忘用手机留下每一个风趣幽默的画面。

我们乘坐的 3 号车上气氛十分活跃，大家七嘴八舌，你说我说，总之“铁棍山药”成为了热议话题。“山药哥”“山药妹”也就此产生。大家都愿为“铁棍山药”代言。

朋友，如果你有机会到焦作，可别忘了一定要光顾温县。这里有上好的“铁棍山药”等你品尝哪！

卖山药嘞！卖山药……

2014 年 11 月 21 日

小草忆大树

一年前的春天，陈忠实老师走了。今天，又是一年春草绿，当大家再次谈起这位可敬的人民作家时，我不由得视线模糊，泪眼婆娑。

与忠实老师相识已近二十年了，虽说接触不算太多，可每次的交集，都在我的脑海里留下了深刻的印象。

父亲的老家在灞桥，和陈老师是老乡，与陈老师也相识。上世纪九十年代，陈老师应邀来三原剧团做客，听完我父母演唱非常高兴，当即展纸泼墨，现场挥毫，为父母题写："灞柳绝唱""梨园独秀"，两幅作品至今还悬挂在我家客厅。

二〇〇三年刚到北京，我在一家知名地产公司任职。在参加中国名家富力论坛活动上遇到了忠实老师，当他得知我离开秦腔舞台到京城创业时，他有点遗憾地对我说："好着哩，年轻人出来闯一闯也能成，只是不唱秦腔了有点可惜！"

后来，我在周明老师的引荐和培养下，与文学界的接触渐渐多了起来，在许多文学活动中能有幸见到忠实老师。记得那是二〇〇五年随采风团回西安参加活动，当周明老师告诉忠实老师说我已开始学写作并获得了西柏坡散文大赛三等奖时，他高兴地说：“不错，不错！小乡党是灵醒娃，能唱秦腔也能写文章，好啊！女子有出息！你妈你爸现在还唱不？剧团情况咋样？”我把剧团的困境做了简单描述，他说：“唉！都不容易！三原的戏以前硬扎得很。可惜了！”他那关切的话语瞬间拉近了我们的距离，我一直仰望的大作家原来是那么的可敬可亲，那一次类似小草与大树的对话至今历历在目。

二〇〇八年初夏，我一位朋友写了一本关于历代美女故事的小说想请忠实老师作序，得知我与老师是乡党并且熟悉便托我帮忙。在我的思想里，虽说与老师相识，但只是仰望、尊敬、崇拜，只有聆听老师教诲，自觉人微言轻，还没到直接找老师办事的份儿上，所以就去拜访周明老师，请他出山帮我说个情。周老师笑着说：“你和忠实老师熟悉，打电话给他，他一定会帮你。你忠实老师是个热心人，也善于扶持年轻人，如果他认为文章不错，也有空闲时间，一定会答应的。”听了周老师的话，我怀着忐忑的心情给陈老师打了第一个电话，通了，屏住呼吸期待着对方的应答——“喂？”当时我激动坏了，“陈老师好，我是中国艺术研究院《艺术评论》杂志的朱佩君。”“朱佩君，乡党，我知道么，有啥事说。”陈老师那一口浓浓的关中腔听起来就如邻家大伯一样熟悉啊！那么大的人物那么亲切的话语打破了我原有的拘谨，我便将朋友所托的事与老师做了详细汇报，没承想，老师真的就答应了。他让我先寄稿件过去，看过以后再做答复。事情进展得很快，七月初我便带着作者赴陕西在西安市新城区广场附近的酒店与老师会面了。谈完作品，我和好友吴珏瑾还演唱了两段秦腔《火焰驹》和《虎口缘》的经典唱段。陈老师听得非常投入，左手拿着雪茄、右手在桌子上拍打节奏的画面至今仍印在我的脑海里。

二〇一二年三月《艺术评论》杂志百期纪念，唐凌主编安排我请名家给杂志题词。我首先想到的便是忠实老师，但又怕打扰老师，便给忠实老师发了一个短信。下午便接到忠实老师的回电：朱佩君吗？我是陈忠实，你发的我看了，你看我是口述你记下来呢，还是我写了给你寄去？我当时激动坏了："感谢陈老师！能写了寄来我们太荣幸了！"没过几日，我便收到了陈老师寄来的赠言："《艺术评论》视野开阔，古今中外，广采博纳，为繁荣艺术园地贡献卓著，也使我大开眼界，受益匪浅。望更上一层楼，再创新的境界。陈忠实二〇一二年三月三日。"看到陈老师的题词，我深深地感受到大树对小草遮护的美好，他用智慧的枝条引导呵护着我这棵文学园林里的小苗。

听说老师生病是在去年春节前夕，记得是元月六日，我应西安市外事学院邀请组织了几位话剧界的专家前往西安观看学院艺术系排演、由吴京安主演的话剧《白鹿原》。令我感到意外的是竟没见到忠实老师！后来才得知忠实老师生病住院了。想去探望，可听说老师需静养不宜见人太多，故而遗憾地未能前去。

如今，那棵生长在云端里的巨树消失在万古的长空里，让我们觉得一个长安城里真正的先生走了！文苑一片悲恸！先生一生对文学事业做出了巨大的贡献，让后来者长久得其温暖，享受其文学精神！虽然他枕着用生命书写的巨著《白鹿原》离开我们远行了，却将宝贵的文学财富留给了世人。老师去世一周年了，我常常会忆起他。依稀往事在心头。

2017 年 4 月 18 日

神秘湘西

从小生长在黄土高原的我，看惯了八百里秦川的苍劲厚重。湘西，对我来说是一个美丽而向往的地方。不久前的湘西之旅，给我留下了难以忘怀的精彩回忆。

偶一驻足、猛一回首，骤然间会发现某一个视景或是某一个定格的瞬间竟是如此精致，那般曼妙，不由令人心旷神怡，浮想联翩……

握手芙蓉镇

芙蓉镇，原名王村，上世纪一部有名的电影使之名扬天下。这部电影同时造就了中国电影历史上两个有名的人物——刘晓庆、姜文。我在打开车门的一刹那，竟被这眼前的美丽画面吸引了。我顿时喜欢上了这个小城。观前方，迎面正对着一条古朴的小巷，巷子中间是一条曲曲弯弯的小路。两旁的高矮不齐风格各异的老式房屋很有特色，一水的乌木门窗感观很舒服。家家户户都经营着小吃、老烟卷、各色的民族服装和饰品。深深的巷子迎接着一拨又一拨的游客，吆喝声、叫卖声、讨价还价声尽入耳中……小巷好热闹啊！

“这是刘晓庆和姜文当年拍芙蓉镇的小店，”导游小象的介绍使我们停下了前行的脚步，随着小象的指引看到了戏中刘晓庆的米豆腐店，哇，生意这么好呀！剧中情景的繁华景象依稀再现。店内小桌均已坐满，门口竟排起小队来等餐。嗯，我也要尝一尝！我端起一碗米豆腐……真的很好吃！

此时的空中降下细细的雨丝，微雨在静静地传递着南方小镇独有的清韵和旅人心中向往的温暖……

霎时间，前面的人已渐渐走远，后面的人还没有跟随上。我一个人仿佛凝固在这里独自陶醉……

“朱老师，出发了。”

小象的呼唤叫醒了我。

环顾四周，人已渐渐稀少，也看不见我们团队的老师们了，我赶紧匆匆前行，不舍地回首张望，让那个绝妙的片段留在了那个没有人关注的角落……

暖色微弱的灯光照在湿漉漉的小路上，幻化出朦胧的景色，它引领着我的眼神和心向小巷深处延伸……

天逐渐暗了下来，小巷深处目光游走的尽头景物已看不清晰了。沿小路向右拐弯，一个大的美丽景观突然呈现眼前。这座类似戏楼的古建筑在现代高科技灯光的衬托下是那么的美轮美奂。它四周环水，耸立中间，好一幅秀美的画卷。啊！芙蓉镇简直太美了！

轻吻德夯

“德夯位于吉首市西郊24公里处，是一处苗族土家族聚居的村寨。这是一块神奇的土地，溪流纵横，瀑布飞泻，群峰竞秀，古木奇花，珍禽异兽，边寨风景尽在其中……”听着导游小象的介绍我们进入了这个美丽的山寨。虽说大雨倾盆，但丝毫没有减弱我们进寨的兴致。粉红色雨伞下的队伍在蜿蜒曲折的山道上行进着。前方一道亮丽的风景线映入我的眼帘。原来是寨子热情的人们不惧大雨等在此处，敲锣打鼓在迎接我们这些远方的来客。只见一队青年男女身着鲜艳民族服装，手捧酒杯站山寨口，边舞边歌。“进山寨前先对歌，三关过后尽情游”，原来依照当地的规矩，进寨先要对山歌，三关过后，喝了拦门酒方可入寨。

对面姑娘唱起来，我方德高望重，风趣幽默的著名作家邓友梅老师用一曲山东民歌顺利地通过了第一关。老爷子声情并茂的演唱博得了阵阵掌声。姑娘们嬉笑着，欢叫着又唱了起来。此时只见我方著名评论家李炳银老师挺身而出，用他浑厚的嗓音吼出了家乡的陕北民歌……

但是，还是不行，必须对歌三关。姑娘们歌声刚落，我便放歌山间：“唱山歌哎，这边唱来那边和，山歌好比春江水，不怕滩险湾又多……”一首山歌总算闯过了第三关。喝罢拦门酒，小伙子们立即打开山门，热情地迎接我们进山寨。苗寨的美丽景色引人入胜，爽口的苗寨酒沁人心脾，美妙的山歌动人心弦，纯朴的民风让我感到亲切，舒心！啊，我陶醉了！

我仿佛进入了一个奇妙的世界，这镶嵌在寂静大山中的小寨别有一番韵味，目光所及之处都会引发我的好奇心。富有民族特色的印花布、土布、刺绣品等做工精细，色彩斑斓，琳琅满目。苗族、土家族的特产银饰更是做工精巧、款式多样，令人目不暇接、眼花缭乱、爱不释手！我好喜欢啊！

远离城市的喧嚣，置身大山之中，顿觉烦恼尽消，深汲大山之仙气，使人身心愉悦，心旷神怡……这里不光是有古色古香的民族建筑、独特的民族风情，也是由于具有浓郁地方色彩和很高欣赏价值的民族工艺而把人们带进了艺术圣殿，使你不得不感叹这座小寨的神奇、美丽和丰富。醉美，德夯！

拥抱凤凰

来到凤凰，只觉得满目青山绿水，处处养眼养心的美景，和着南方的柔柔的风扑面而来；虹桥品茶，是接待方精心安排的一个项目。沿梯而上，来到了虹桥二层的观景处，这里依次摆放了许多藤椅，是游客观景品茶的好地儿。环顾四周，桥旁倚岸而立参差不齐的老式吊脚楼尽入我的眼底，眼前一排古旧的吊脚楼排排站立在虹桥两侧的沱江河畔，如果一栋一栋观察吊脚楼有点不够整齐不够美观，支撑吊脚楼的脚也是东倒西歪的，不过远远看倒还算整齐。

吊角楼借着凸出的一角岩石突现到我的视线里，青瓦木窗的民房凭着木柱和砖石高悬于水上，这情景本身已让人浮想联翩、细细品赏了。而静静的在吊角楼下的一只木船更让我忘记了时间，忘记了空间，在窗前静坐良久，将流淌在整个凤凰古城的城头上、深巷里、绿水边以及每个凤凰人心里的那种自然的韵味慢慢地品味、沉淀……

待到静静地坐下品口香茶，才一点点地发现雾色中霓虹闪烁的地方已聚集了好几家风格各异的时尚酒吧。如果你利用工作之余来凤凰古镇这个“世外桃源”小住，就会犹如驻足在天然氧吧，既能汲山水之灵气，又不失大都市夜生活的“国际化”元素。这样的和谐在安静的山水画卷里跃动着，它并没有搅扰自然的宁静，而是活泼地洋溢着阳光般的温馨。

沱水泛舟是凤凰古城中很精彩的旅游项目。我们在导游的安排下六人一组江上泛舟。艄公号子更点燃了我们的热情，精彩的对歌又在水上上演，沱江之上增添了许多生动的画面。美哉！凤凰！

“回龙阁吊脚楼群全长二百余米，大多数是清末民初的建筑，是凤凰古城具有浓郁苗族建筑特色的古建筑群之一。原本是凤凰古城本土苗民的居家住所，现如今都被开发成为饭馆、酒吧和客栈了。”听了导游的介绍，我便细细打量了起来。细雨雾灯下的吊脚楼竟是这样的美！美得让人心醉啊！

品茶完毕，便到自由活动时间。大伙儿都朝着自己喜欢的方向奔去。只我一人留在了空荡荡的观景楼上。独坐窗边，向外眺望，别有一番情趣。独享大自然带给人们的那份美好。

拜谒沈从文墓

沈老的墓地位于沱江畔的听涛山，从古城东门城楼外的虹桥沿江步行至此，从山道台阶拾级而上，不远处便看到一块石碑上刻着“沈从文墓地”。旁边不远处有一座修长的石碑，上刻

“一个士兵不是战死沙场，便是回到故乡”。墓地建在一块狭长的草坪上，没有坟冢，只有一块六吨多重的天然五彩石，石正面篆刻的是沈老的手迹，“照我思索，能理解我；照我所思，可认识人”。石背面是沈老姨妹张充和的撰联：“不折不从，一慈一让；星斗其文，赤子其人”，其联句为：“从文让人”，字里行间投射出先生一身正气、高风亮节。沈老的墓地四周绿树环抱，青青的草坪散发出淡淡的和着泥土的清香，上面摆了许多山野花束和竹编的蝴蝶，这些都是前来拜谒的人们给先生敬献的。我们怀着对沈老的崇敬之心，对着墓碑深深地三鞠躬……

告别古镇，告别凤凰城，我留恋地回头张望，青山、绿水、古桥、吊脚楼……深深地印入我的记忆里！

2010 年 9 月 13 日

晚秋黄梨

第一次见到黄梨，是在临近深秋的一个下午。周老师叫我去他办公室，说有很好很奇特的果子给我品尝，到底什么样的果子这么有特点呢？带着好奇心我来到了老周的办公室。

刚一进门，我就被办公桌上摆放的这个又大又黄的奇异果子吸引了。我说它是柚子吧？老周笑着说：好玩吧，它叫“晚秋黄梨”。

我急忙用水果刀切了一块放入口中：“哟！可真甜哪！”

黄梨的皮特别黄，肉特别白、特别嫩，个儿又超大。这么神奇的果子究竟是怎么长成的呢？

不几日，周老师便带我和几位朋友去黄梨的产地廊坊探密了。

同行的除了周老师和吴主任外，还有我的闺蜜王群、大可携儿子小可以及中央电视台七频道的朋友们。途中，吴主任介绍了一些有关种梨人杜宝仓的故事。

原来杜宝仓并非本地人，可他却在这无人开垦的盐碱地上苦苦奋斗了八年。为种梨，他变卖了几乎所有的家产；为种梨，当过五十多年果林技术员的父亲要和他断绝关系；为种梨，他的爱人实实承受不了多次失败的打击，抱着身患残疾的儿子要回老家去，却被执拗的他烧掉了爱人唯一的一件可以御寒的棉衣；为种梨，他经受了无数的苦难折磨，几乎把自己的生命送给了这块盐碱地；他把自己以及家人的全部精力都投入了这个林场，一赌便是八年。八年啊！多么艰辛的八年啊！

八年后，杜宝仓的愿望终于实现了。果重约一千八百克，果皮呈黄褐色，核小皮薄，果肉洁白，脆甜如蜜的晚秋黄梨终于培育成功了。

大约两个小时的路程，我们一直行进在蜿蜒曲折的小路上。听说这条小路还是廊坊市张副市长到林场参观，发现道路很泥泞，交通很不便利，所以特批十万元修建的。路的两边是高低参差不齐的多种树木，路是用红砖铺成的。地面上是一层层厚厚的金黄色落叶，深秋的落叶夹杂着车轮驰过带起的尘土在风中飞扬着……

一进林场大门，一股凛冽的寒风扑面而来。最先映入眼帘的就是场院堆积的一筐筐刚刚摘下等着装箱的晚秋黄梨。大门的对面是一排简易的平房，平房右面是工人们的食堂。屋顶上炊烟缭绕，原来屋子里的女人们正在做午饭，远远地就能闻到一股香香的饭菜味儿。院里的工人们有的在装箱，有的在推运，都在忙碌地工作着。这时候，我看见几个人向我们迎面走来。最前面的正是杜宝仓。

他个儿不高，身材微胖，黝黑的脸上布满沧桑。深邃的眼睛里透着一股执着和倔强。这就是杜宝仓，一个忠厚朴实的农家汉子。

他听说我们要来参观，所以特地从廊坊农业产品交易会上赶回来的。他非常热情地把我们迎进接待室，他的妻子端上了一盘刚刚削好皮的大梨让我们品尝。

在园中，我们看到了神奇的梨树。一排排矮化的绿色小树宛如葡萄架，没有一人高的细细的树枝上竟长着近二十个果实，而且特大特黄。右边树杈上的黄梨吸引住了我的眼球。形若大柚子，足有四斤，简直太不可思议了！

杜宝仓如数家珍地向我们介绍了培育黄梨的过程。原来培育成功后的黄梨苗，第一年栽树，第二年便能挂果。且果味多种，啤酒味、奶油味、蜜糖味等。而且梨肉细嫩，非常蜜甜，不易氧化，通常梨切开后放置半日便会变色，但晚秋黄梨切开放置两三天也不会变色，吃后也不会闹肚子等等……

他滔滔不绝地讲述着，言语间充满了信心和希望。淳朴的语言里只讲到晚秋黄梨的栽培过程和技术，却只字未提种梨所经受的苦难和艰辛。多么纯朴的农家汉子呀！

老周发现一根细细的树枝上，绿色的叶子中露出几个生机勃勃的大黄梨来。细枝虽被大梨压得垂在地面上，但是它也像主人一样顽强地挺起，背负起身上的大梨，表现出它的顽强生命力。大家纷纷抢着给它拍照。

满园的丰硕果实让人赏心悦目。我摘下一个大梨放入小可儿的衣帽里，大梨拽得两岁的小可儿站立不稳直往后仰，憨态可掬。我左顾右盼目不暇接，一会儿抱抱这棵树再拍拍那棵树。真想把这满园的大梨都拍摄下来，带回我们西北老家，让家乡人民也能栽培上这优良品种，把杜宝仓的精神也带给家乡父老。

要踏上回程了，我依依不舍地回头看着站在林场大门口送我们的主人们。让我们祝福他吧，这个朴实憨厚的汉子。希望他不断培育出新品种，明年又是一个丰收年。

2003 年 12 月 6 日

思念儿时“半个城”

冬日的京城，整日被灰蒙蒙的雾霾笼罩着。天空中弥漫着污浊的空气，令人压抑，使人窒息。雾霾是什么？它是如何形成的？什么时候才能彻底地散去呢？看着城市中昏天暗地的雾霾，我常常是一声叹息。不由得追忆起童年，想念起在舅舅家“半个城”那些个快乐美好的时光，想念那轻轻弥漫在天空的清新的晨雾……。

冬日的清晨，村庄被弥漫在天空中的雾气笼罩着，是那么的湿润，那么的舒心。我们背着书包，走在乡间的小路上，嘴里哼唱着舅妈教我唱的小曲儿：“杨树叶儿哗啦啦，背着书包上学去……”清脆的歌声飘荡在天空……

我们行走在晨雾中，仿佛步入了人间仙境，那般轻盈，这般妙曼……这时，耳边传来小伙伴们的嬉笑声、打闹声。朦胧中隐约地看见几个小身影在雾气里晃动，却看不清孩子们的面孔。他们一路叽叽嘎嘎，欢乐的笑声响彻在晨雾里。真的好可爱啊！

一股寒风袭来，瞬间冻得孩子们缩成一团。有的双手捂着耳朵，有的双手捂着嘴巴不停地向外哈着热气儿。这时候，“放荒”便成了我们用于沿路取暖的法宝。点燃田边的甘草，火焰随风蔓延，瞬间我们眼前变成了一片红红的火海。一股又一股的热浪袭来，照亮了这一张张红扑扑的可爱的小脸儿。暖流把我们拥抱，幸福伴着我们走在上学路上……

天渐渐地亮了起来，雾气也渐渐地散去了。小伙伴们有的在田间的小路上跑着，有的在冬日的麦田里跑着，一个个都洋溢着那童年天真无邪的笑脸。

那时候，我喜欢和小伙伴在村里的大场上十几个人玩“攻城”；两人一组玩“对机”；五六个女孩小腿绕着小腿地玩“编花篮”；四人一组“驾飞机”；一堆堆孩子在墙面上一个摞一个地玩“倒立”；一群群孩子在玩“骑驴”；当然，最可爱的当数太阳下一排排淘气孩子在大房前“挤骨头”，最惊险的当数十几个孩子爬在树上“捉树猴”了……

春季里，村庄到处布满生机，绿草儿青青，麦苗儿茁壮，鲜花儿铺满地。

夏季是收麦子的季节，大人们割麦子，我们跟着捡麦穗。晚间，村里的大场上到处都是卷着凉席来纳凉的村民，大人们谝闲传，孩子们玩游戏。舅舅在窑洞前的大皂角树下拢起一堆柴火，用脚猛力地踩上几脚，树上的知了儿噼里啪啦地落了下来，舅舅用柳树条儿把它们穿成串，放在柴火上烧烤，不一会儿，我们就能品尝到美味的知了肉了。那个画面至今记忆犹新。

秋季是收获的季节，社员们一起收玉米，拾棉花。大家围坐在一起包玉米的情景怎能让人忘怀呢。

到了冬季，我喜欢窝在家里，吃舅妈做的锅盔、手擀面，时而帮着拉风箱、添柴火，好眷恋那浓浓的柴火味儿啊！到了夜晚，我们睡在热炕上，在微弱的煤油灯下，听外婆给我们讲述过去的事情……

从春到夏，从秋到冬，我们的村庄四季都透着别样的美，别样的韵味。要说呢，我还是最喜欢夏季，因为它是个活跃的季节，在蓝天白云下，半坡上古朴窑洞显得特别的厚重；小村四周的大片枣树林环绕着乡村；加之岸畔上野生的花草，便形成了它独特的美丽景观。夏天的半个城景色真的很美！

崖畔下，淙淙泉水在蜿蜒的小溪中缓缓流淌，一伙伙小青虾们在青葱的水草中自由地戏玩。沟下的河流清澈见底，水面上一队队的鱼儿欢快地游来游去。我拿起小竹篮子向水里拢去，只见十几只小鱼儿在竹篮里跳跃挣扎，好生有趣。两边的柳树条上，无数只知了扯着个嗓子在鸣叫，独唱、二重唱、合弦、大合唱，总之你方唱罢我登场，知了们欢快的露天音乐会真是唱得响亮啊！

乡间的童趣就这样一天又一天，一年又一年，一代又一代地延续着……

如今，随着科技的发展，社会的进步，生活水平的提高，机械代替了人力，网络新时代来临了。如今的半个城，已经变成了社会主义新农村了。昔日的崖沟、窑洞已经消失，如今变成了一望无际的大水库。干净整齐的街道，一排排漂亮的房屋，出门汽车代步，小孩子们也都爱上了上网，户外活动少得可怜了！童年一切的游戏，欢天喜地，嬉笑打闹也渐渐消失了……

再看看现在的我们，整日生活在这车水马龙、人潮汹涌的大都市里，在时常被雾霾笼罩的城市里奔波奋斗，再也不能像小时候那样无忧无虑地奔跑在蓝天白云下，青山绿水间，喝那自然流淌的清清泉水了。儿时的一切的美好，我们也只能在回忆里寻找了。

我好思念儿时那被枣树环抱的小村庄，那开满野花的崖畔，那古朴的窑洞；好思念那清澈的河流，甘甜的泉水，弥漫在村子里的那清新的雾气啊！

2017 年 11 月 14 日

嫂子荣萍

千呼万唤，总算是把嫂子请到京城来了。距离上次来京城已近六年了。妈妈说：“你嫂子能抽出身去一趟真不容易，好好陪她逛逛。”姐姐说：“你一定把嫂子招待好，她能去得下多大的决心呀！”

我的嫂子叫荣萍，小名玉珍。每次别人问我：你是姐弟仨，又没哥哥，哪来的嫂子？我就会告诉他们，虽没血缘，但胜似亲人，在我的心目中，她就是我亲亲的嫂子。

与哥嫂识于上世纪九十年代初，那是我人生最低谷的时候。

那时，因为在单位出现了一些状况，所以暂时我没去单位上班。加之因一场意外的事故，又成就了一份没有爱情的婚姻。工作的失利，婚姻的失败，没有任何收入的我，为了维持生计，为了肚子里的孩子，我只能推起板车，架起锅灶，每日里起早贪黑地在西安后宰门西南角的工商银行门前卖起了麻辣烫，靠摆地摊维持生计。那是一个电闪雷鸣，风雨交加的夜晚，我不顾邻居劝阻，毅然推着木车去街上出摊。为搭雨棚，我挺着大肚子抓着工商银行的铁栅栏往上爬。马路对面小商店的阿姨焦急地冲我高喊：“麻辣烫，快下来！挣钱不要命了，把娃伤了可咋办呀？”漆黑的夜晚，又是大雨倾盆，街道上静悄悄的。我左顾右盼，期待着能有人光临我这麻辣烫摊……这时，不知从哪里过来几个小混混，瞬时间，他们如风卷残云般吃光了我的所有荤菜，喝完了唯一的一筐汉斯啤酒，却一分钱不给便要转身走人。我扑上前去与他们论理，竟被他们无情地推倒在雨地里。这时突然有人大喊一句：“干啥呢？为什么要欺负人家一个弱女子？”这时只见两个人挡在了我前面，泼皮无赖瞬间跑得无影无踪，幸亏有了哥嫂的出现，才帮我制止一个即将发生的悲惨场面。

初见嫂子时的情景我至今难以忘却。一张俊俏白净的脸，配着华丽时尚的衣着，高雅端庄。乍眼看去有点高不可攀，仔细观察特像当时红极一时的日本电视剧《排球女将》里面的南乡小熊。嫂子关心地对着我说：“你一个年轻女人在这儿摆夜市实在太不安全了，真的出了大事伤了肚子里的孩子可怎么办？”我顿时委屈地哭出声来，简单地把我的现状告诉了她。嫂子红着眼睛拉着我的手说：“你这女娃命运咋这么苦呢！以后你有啥事就说一声，我家就在前边离你不远。你大哥在这片熟悉，不会有人欺负你的。”我激动地连声说：“谢谢！谢谢大哥大嫂！”好感动啊！打那时候起，哥嫂便常常照顾我的生意。渐渐地我们便变得熟络起来了，哥嫂的家真的离我很近，就在前面的一条街道上做烟酒批发生意。哥嫂为人实诚做事仗义，生意做得非常兴隆。但凡我去家里做客，嫂子总是一边忙着柜前的生意一边张罗着给我准备好吃的东西。生性豪爽的哥哥朋友特别多，家里楼顶的平台上常常是高朋满座，欢歌笑语。哥哥敲着碗盘伴奏，兴奋时我还会给大家唱上几段豫剧，嫂子忙前忙后地招待着大家。小成成小超超双胞哥俩调皮地戏闹着，欢跳着……其乐融融的氛围常常浮现在我的眼前……

让我终生难以忘怀的是1997年冬日的那个夜晚，我突发疾病，被小闺蜜蔡荣送进了医院急救。当时我几度晕厥，腹部大量渗血，不巧又遇上年轻的实习医生，没查清病因就决定立即手术要剖腹勘探。生命攸关啊！我的家人都远在三原，当时交通很不方便。此时非但没有亲属签字，就这一万元昂贵的手术费我们也实在拿不出啊！情急之下，小蔡拨通了哥哥的电话。当时哥嫂正在长安谈生意，接到电话便马上急匆匆驱车赶到了医院。手术前嫂子抓着我的手说："别怕，没多大事，有我和你哥呢，我们会一直陪在你身边的。"我流泪了！是感激的泪！是幸福的泪！

到了上世纪九十年代中期，当大家还都在住筒子楼的时候，我人生中第一套属于自己产业的住房就是在哥嫂的资金支持下买来的。嫂子说："女人一定要有自己的家业，自立自强，生活才不会落于人后。你善良能吃苦，老天一定会给你好机会的。钱我们给你垫着，你不要有压力，挣了再慢慢还。我和你哥就想让你生活得好一些！"

在哥嫂默默的支持下，我渐渐找回了自信。那时候，我的小生意也做得风声水起。哥嫂是我的保护伞，即使去外地，有时候也少不了嫂子的陪伴。我们一起去广州，一起下江南，犹如一家人般地手拉手共同走过了二十多年……

那是五年前的一个下午，我突然接到了嫂子打来的电话。

平日里说话干脆利落的她此刻变得有些奇怪，我突然有种不好的预感。急切地问她是不是发生了什么事？嫂子电话那头声音低沉略带哽咽地说：“你最近回来吗？如果回西安做活动就顺道来家看看……”嫂子平日里不是这样的性格啊？到底怎么了？我问她到底发生了什么事？嫂子支支吾吾着说：“没事，好久没见你，我和你哥都想你了。没啥大事，别担心！如果有空就回来，别耽误你的工作。”嫂子的反常，令我感到有一种不好的预感。我不放心，下午我便匆匆赶回了西安。

咸阳机场，嫂子已早早地等在出口。我忽然觉得面前的嫂子憔悴了很多，头发有点凌乱，眼睛也肿肿的。我便急切地拉着她手问她到底发生了什么事？嫂子唰地眼泪夺眶而出，“你哥……出了一点状况。”“他怎么了？是不是……？我回去审问他……”我以为哥是不是干了什么出格的事令嫂子伤心了？嫂子说：“不是别的事，是你哥的身体……”嫂子已泣不成声。我的心情突然变得凝重起来。哥的身体怎么了？

每次到家，哥总会笑容满面地迎上来说：“佩君回来了。”可这次怎么静悄悄的？推开主卧的房门，坐在床上的哥哥微笑地望着我，我能看出，这个笑容很牵强。我急忙地上前拉着哥的手使劲地拽他想让他下床，可怎么也拉不起来他，“哥，起来，快起来。你坐在床上干什么呀！你倒是起来呀……”心酸伴着委屈的泪水瞬间溢满我的眼眶……嫂子背过身去，不停地擦着泪水。她哭诉着：几个月前，哥去打球时摔了一跤，生性刚强的哥哥从来不把这当回事，可是这次却怎么也使不上劲儿。仔细看看，竟发现两条腿的粗细不同且很明显。粗心的哥哥居然没有发现这个病情。到医院去检查，哥竟患上了世上罕见的一种病症——渐冻人症。这结果如晴空霹雳，一下把这个温暖幸福的家打乱了……

我心里一阵阵地揪痛。后悔我回来太少，后悔我跟他们联络的电话太少，后悔对哥嫂关心不够，恨我自己太过粗心大意。

贤惠的嫂子少了平日时尚、干练的样子，变得很沮丧，很憔悴！她是那么爱哥哥，在她心目中，哥哥是天，是大树，是这个家的遮阳伞。突然间，天塌了，树倒了，伞的中轴抽掉了，她一时间茫然了……

我不想对着哥嫂掉太多的眼泪，便努力地寻找一点能缓解气氛的话题与他们交流。

用轮椅推着哥哥在小区花园游走透风，坚强乐观的哥哥说："你在北京到底咋样？我和你嫂子老是担心！不行就回西安，咱家不缺养活你的钱，等哥好了，带着你和全家到国外走走，咱们游遍全球…"嫂子不时地给哥掖着盖在腿上的毛毯。望着哥哥的背影，我和嫂子泪眼相对，竟无语。行至池塘边，我们便停下来歇会儿，怕哥哥支撑太辛苦，嫂子便坐在轮椅背后的地面上，用她瘦弱的肩膀背靠背顶起轮椅上哥哥高大宽厚但又软弱无力的身躯。一个多小时啊，那是多么大的力量，多么深的情感让她释放出如此大的能量啊！哎！命运就这样毫无征兆地摧残着原本很幸福的家庭，肆意戏弄着这个善良而柔弱的女人。

日子就这么一天天地熬着，哥哥的病也像预测的那样一天天地在加重。

2013 年夏天我回到西安，哥哥已彻底躺在了床上不能起身了。房间摆满了专业的医疗器械，嫂子已经能很熟练地使用这些专业器械来给哥哥护理了。插着呼吸机的哥哥情绪变得非常焦躁，稍有不顺心便会给嫂子发脾气。我实在有些看不下去，嫂子却说："没事！他心烦，吼上两句不要紧，那么好强的一个人，如今躺在这里啥也不能干，他能不烦吗！我理解，他原来一直忙生意，一天见不了几面，这下好了能天天陪着他，我心里踏实，只要能看见他就好"。"嫂子一边说着话，一边给哥哥做按摩，还不时地抽出纸巾给哥哥擦拭头上的虚汗。我被她的这份真情深深地打动了。贤惠的嫂子啊，此时我真不知道用什么词语形容她！我心里更加敬重她了！

我能看出，嫂子的情绪已经没有哥哥初发病时那种悲伤，她无助的眼神里透着一种坚强。

从哥哥生病的那天起，嫂子就再也没有离开过他的身边。虽有两个侄儿和家里阿姨小芹两口子轮流照看，但嫂子总是不放心，凡事都亲力亲为，生怕出现疏漏。曾经有那么一个夜晚，小区突然停电，这下可把嫂子吓坏了。呼吸机要靠电力才能运行，嫂子用充电器接入呼吸机，但又不知能维持多久。夜已深，怕自己打盹，她用满满的一大杯浓茶来刺激自己神经。这一夜，她提心吊胆，眼神始终没有离开过呼吸机。

苦难并没有击垮这个濒临崩溃的女人，反而让她变得更加坚强！是啊，她没有倒下，她用自己瘦弱的身躯承载起支撑这个大家庭的责任。

2015 年 10 月 1 日，哥嫂的二儿子超超大婚。怕双方父母上台接受敬茶的桥段引起嫂子伤心，所以就临时动意取掉了这个环节。但她却说："孩子结婚是一辈子的大事，可不能马虎。该咋办就咋办，千万不要给孩子留下遗憾。"上午时分，嫂子打扮得漂漂亮亮地出现在了西安高新的香格里拉酒店。她把苦难隐藏在心里，用和蔼可亲的笑脸儿，招呼着一桌又一桌的客人。灯光照在她的脸上，端庄高雅中透出那种发自内心的善良和从容。噢，我的嫂子真的好美！

善良的嫂子，用她的大爱感化着每一个朋友。在这个家里常常可以看到一些暖人的场景，几十年的朋友、邻居、同事常常到家里来看望哥哥，几年来从未间断过。嫂子的闺蜜们也都是西安生意场上的佼佼者，但凡进家门便自己找活干，做饭，打扫卫生，帮哥哥按摩，陪嫂子聊天。她们常常把嫂子比作电视剧《戈壁母亲》里善良大义、自强不息的月季姐。可见她在朋友心目中是多么的可敬可亲啊！

保姆小芹到家十多年了，嫂子一直把她当作家人一样对待。资助她的女儿学美容美发，又帮着她的儿子安排工作。前两年，小芹在嫂子的支持和帮助下在西安买了房子正式安了家。如今与我同龄的小芹已是俩孙子的奶奶了。见到我，小芹高兴地说：“佩君，我现在也在西安有房了，你要有空一定到我那去坐坐啊。你说咱哥咱姐人咋这么好哩，遇见他们是咱前世修来的福啊！”

是啊！遇见哥嫂真是我们前世修来的福啊！

五年了，多么艰辛的五年啊！有多少辛酸！多少委屈！多少无耐！嫂子都挺过来了！

前几天接到嫂子的电话，她欣喜地告诉我，世界上已经找到“渐冻人病症”的病因了。因为两年前在许多国家发起的为“渐冻病人症”捐款的冰桶挑战聚集了很多资金。这一难题据说找到了节点，相信治疗方案也很快会出来。听着她电话那头露出来绝处逢生的喜悦，我由衷地为她高兴。我向天祈祷！保佑哥哥早日恢复健康！希望嫂子重现往日的笑容，祝愿好人一生平安！

2017 年 10 月 9 日

我看环渤海

第一次听说“环渤海”，是从陈孝英老师和发小尹虹那里。几乎每次大家聚会，陈老师和尹虹总是怀着异样的感情兴奋地谈论起“环渤海”，说“环渤海”是如何起家，董事长郑介甫是如何艰苦创业，如何有凝聚力，如何重用人才，等等……我早已如雷贯耳，因此留下了深刻又良好的印象。

初见郑介甫，是应陈老师和尹虹之邀约，代表他们公司去天津总部参加企业年终联欢会。我代表他们分公司演唱陕北民歌《山丹丹花开红艳艳》，一首信天游，一袭家乡情瞬间拉近了我与这位陕北籍企业家的距离。他身材魁梧，两眼炯炯有神，表情生动，智慧超群，谈吐风雅，善于用幽默和坦诚打动人心。听说他还是经济学博士呢。陕北汉子，家乡的骄傲。了不起啊!

金秋九月，我便在郑总的盛情邀请下陪同十几位全国知名作家赴天津国际游乐港参观。此行不仅使我大开了眼界，还让我增长了不少海洋知识呢。

到了“环渤海”的根据地，来到国际游乐港参观，走一走，看一看，实在大吃一惊！果然名不虚传。“环渤海”在它的“航母”指挥长的率领下，在天津海岸正干着一番大事业，做着一篇大文章。

八卦滩本来是一片荒芜的土地，“环渤海”却把它开发了出来。“基辅”号航母又以崭新的面貌辉煌在蓝色海洋的岸边。游人如织，络绎不绝。谁登上舰板，都会有一番喜悦，一份收获，也有一声叹息。这可是当年苏联海军的象征啊！苏联以之抗衡美国的军事实力啊！现在被“环渤海”的郑总用到了今日盛世中国的和平生活之中。让人们登舰参观，让人们休闲游览，让人们学习军事科学，学到生态科技，学到海洋文化。多好玩呀！国际游乐港；多美丽啊！如诗如画的大海，多么壮观哪，被开垦的处女地——八卦滩。

这一切来自“环渤海”的远见卓识。

这一切功德无量。

这一切前途似锦。

明天的游乐港，明天的八卦滩，将会更加美好！明天的“环渤海”将会更加兴旺发达，无比辉煌！

2007年9月6日

往事记忆

每当与朋友们聊起童年，就会勾起我对家乡的山山水水，一草一木的回忆，触发我对家乡的思念，童年的趣事一幕一幕像过电影一样重现在我的脑海中……

我出生在20世纪的60年代末，那是“文革”风暴初起的动乱年代。“成分”不好的爸爸被发配到陕西最边远的武功县城剧团去工作。那时候妈妈刚怀上我，依旧留在老家的县剧团，于是爸妈便过上了牛郎织女两地分居的生活。

一心想着给传宗接代的老爸，总盼望着在我姐之后，妈能给朱家生个男娃顶门立户。生我那天的场景，长辈们至今说起都忍俊不禁。那天雪下得很大，是二姨妈推着架子车深一脚浅一脚，踩着冰冻泥泞的雪地把快要临产的妈妈送到了县医院。爸爸从偏远的山区顶风冒雪，风尘仆仆地赶回来，迎接他盼望已久的“宝贝儿子”。然而，当抱到他眼前又是个女娃，顿时让他大失所望，一气之下竟然把几个月攒下的一筐鸡蛋摔在地上，郁闷地转身而去……小姨无奈地称此事件为“打蛋”。两年后妈妈生下了弟弟，父亲终于如愿以偿。

爸妈都是秦腔演员，因为常年下乡生活，工作流动性很大，实在没有时间照顾我们姐弟三人，只好把我和姐姐相继送到乡下的舅舅家请外公外婆看护，弟弟则托付给县城的一户人家帮忙照看。外公外婆年岁大了，加上还有舅舅一大家子的事情需要帮衬，幼年的我几乎是在散养中长大。

舅舅家所在的村庄叫半个城，位于县城的西边，离县城有十多里路。整个村子被大片的枣树林，百年的老槐树，古朴的窑洞，清澈见底的小溪和崖畔野生的花草环抱着，自然景观美丽独特。村子与河对面的泾阳县各占着河的一面，因此就叫半个城。

姐姐小时候长得非常漂亮，又是家里的第一胎。听大人讲，还是婴儿时的姐姐在窑洞的炕上熟睡，醒来被抱起竟发现背下压死了一只蝎子。民间有传说蝎子都不蜇的孩子必是大孝，因此亲戚们都很喜欢她，尤其是外公更是对她宠爱有加。

幼年的我，长得不可爱还爱哭鼻子，又淘气，脏兮兮，整日不着家地像个野孩子。所以特招人烦！“三天不打，你上房揭瓦。”是儿时常常响于耳际的家长语。

那时候，只有外婆心疼我，时常会偷偷给我点好吃的。我常常会忆起外婆，她老人家坐在院外的石头上，用一把木梳给我梳理一头又厚又脏的棕发，边梳边说：“娃呀，你要争气哩，要好好学哩，古人都头悬梁锥刺骨地上进哩，你看你都逛慌成啥了！你要知道，书中自有黄金屋，书中自有颜如玉。早知书内有黄金，高点明灯下苦心。”外婆总是苦口婆心地教养我，只望我会成器！当我被欺负的时候，唯有她老人家会为我遮风挡雨。

儿时的记忆，在我脑海里总是那么清晰。记得那是1975年吧，七岁的我已经能和大人们一起给生产队拾棉花，我将拾了一天的几拢子棉花交到了队里，挣到了人生的第一桶金——五角钱。意外的收获啊！我爱不释手地拿着五角钱。为了安全起见，最后还是交给了我最信任的外婆保管。外婆慈祥地对我说：“这是我娃凭劳动挣下的钱，婆一定给你搁好！我娃放心啊！”说罢，便从口袋里拿出一个发旧的格子手帕，将五角钱包在里面，揣进贴身的棉衣口袋里，还用别针别在了上面。

夜里，睡在炕脚头的我激动得就是睡不着，摸黑爬到外婆耳边说：“婆，让我再看一下那张钱。”外婆翻身用洋火点亮了炕边木箱上的煤油灯，从棉衣内兜拿出了那个格子手帕，把五角钱塞到我手里说：“我娃看一下就快些睡啊，放心！婆给我娃抬（陕西方言‘存放’）着哩，飞不了。”我在煤油灯微弱的柔光下捧着这崭新五角钱心里美滋滋！那是一个难忘的夜晚，幸福的夜晚。那个夜晚，我反复让外婆点燃煤油灯把那五角钱拿给我看，生怕它飞了！是啊！那可是我第一次用辛勤劳动换来的报酬啊！我太珍惜它了。

因为我来自县城，妈妈又是名演员，村里的孩子就多了些对我的羡慕，没多久我就成了村里淘气的孩子王。骑驴、摸树猴、耍尿泥、滚铁环等男孩子玩的项目我都参与并成为主力，整日里灰头土脸，一点看不出女孩的样儿。有一次和小伙伴们一起去偷河那边的西红柿，顽皮的我将旧花布短衫掖进破短裤里，悄悄猫在柿子架下，将偷来的西红柿一个个地从领口处放进去，一会儿身上便装得鼓鼓囊囊的。不料看园子的老爷爷发现了我们这群淘气的家伙，突然放出大黄狗来追咬我们。我急忙蹚过小河，拼命地往回跑，双脚扎满刺荆，四肢酸软无力，狼狈地绊倒在了泉水沟里。腰肚间满满的西红柿顷刻间变成了“柿子酱”，酱汁溅得我满脸满身像刷了红漆一样，那小模样简直滑稽极了！

我喜欢舅舅家的小院。东边是外公居住的土窑洞，正北是一个一进的四合院，老屋的门道两边各有一长板凳，夏日里我常常在这板凳上小憩。小手轻轻地摇动着一把蒲扇，眯上眼睛，听着院中大皂角树上传来的“知了，知了”的蝉鸣声。门道间偶尔一缕清风拂面，是那么的凉爽，那般的惬意……

随着年龄的增长，我渐渐地可以替舅舅分担点小杂活了，大姨家的窑洞顶上成了我给舅舅家晒麦子的地方。我坐在窑背上的一棵大枣树下，一手抱着小舅舅家几个月大的二女儿燕君，一手挥着长杆赶着偷吃粮食的麻雀。麦场的另一端放置了一个用小木棒撑起一个敞口的大筛子，筛子下放了一些揉碎了的棒子面馍，专门用来网罗麻雀。

当时，大姨妈的家里住着三个北京的知青，其中有一个美丽的姐姐叫小磊，她常常会给我讲一些外面的故事，给我讲到了北京。那时候，我就知道我生活的半个城和曾经照看过我的塬上姨妈那北社村等亲戚家，认为国家最大的地方就是三原县城，怎么还会有别的地方？小磊姐姐不厌其烦地给我讲述北京的故事，说那是国家的首都，那里有伟大的毛爷爷。

她还给我讲了好多北京的新鲜事儿呢！让我感到最可笑的是姐姐说北京那儿游泳要穿游泳衣。她还讲到了幼儿园，高鼻子蓝眼睛的外国人到幼儿园去看望他们，和他们一起跳舞……

当天晚上我做了一个梦，梦到我穿上游泳衣，梦中的游泳衣和现在宇航员穿的服装一模一样，好生神奇！还有好多高鼻子蓝眼睛的外国人来到了我们村一起欢歌曼舞，好玩极了！

八岁的时候，“文革”结束了。父亲从遥远的山区县调回到家乡三原县城。于是，我和姐姐也都被相继接回到县城上学。外婆也被请进县城来继续照顾我们。

刚进城时的窘态，至今想起来都觉得特别搞笑。那是初秋，爱干净的妈妈看到眼前头发乱蓬蓬，衣服脏兮兮，流着鼻涕泡的我，感到实在很糟心，于是，便在剧团排练场外公用自来水池子里接满了水，把我泡了进去，这一泡便是一个下午。妈妈试图用毛巾搓掉我身上垢痂，可是积累太厚，实实搓它不下！妈妈便急中生智，取来尼龙刷子，愣是把我给刷干净了，刷洗成一个全身红扑扑的孩子。妈妈刷娃的事情，成了当时剧团里茶余饭后的笑谈，至今说起这事妈妈都感觉自己好笑。

姐姐比我高一年级，学习好，又是班长。还是学校的宣传队主力，经常参加一些业余演出，同学们都很羡慕她。

可我呢，天生就不是块学习的料，却对唱戏特别入迷。课本知识一点学不进去，但当时团里演的几本大戏，男女老少的唱腔台词我都记得滚瓜烂熟，一字不忘。每逢考试，定是零分。所以剧团的人们送我一外号“零蛋娃”。

每当我看见西瓜，就会想起一件既搞笑又心酸的故事。那年，家里好容易添了一把新铝壶。这天，老爸便喊我姐俩去杨家院门口的公用水管去接水。一出院门，马路对面的西瓜摊就把我们姐俩的馋虫勾起来了。五分钱半牙熟透的红沙瓤，二分钱可得月牙儿似的一块半生瓜。好面子的姐姐决定把这买瓜的任务交给了我。撩咋咧！我欣喜地从姐姐手中接过两分钱，大步流星地向瓜摊跑去。西瓜买好，等姐分配。姐说："我先吃，剩下的给你。"说罢，她便手捧西瓜大吃起来，我渴望的眼神望着姐姐说"该我啦，该我啦"，眼瞅着月牙儿似的西瓜已快被姐吃完。我这一急上手便抢，随着这半牙瓜落地，我和姐的战争开始了。打架成绩不分先后，倒是可怜了老爸这刚买的铝壶喽，因为被当作武器，被我们摔得面目全非，嘴也凹进去了。至今提起，我们都忍俊不禁！

那年夏日，老爸正在给学生练功，偏又得到了我又得"零蛋"的消息。爱面子的爸爸嫌我太不争气，拿起手中的木棍向我挥来，我转身便跑，老爸边喊边追……哈哈，幸得我在农村练下了爬树的本领，身轻如燕，嗖嗖地便爬到了院中的一棵大红英树上。老爸站在树下怒气冲冲地用棍指着我命我下来，我站在树杈上挥舞着双手高声唱到"打不死的吴琼花我还活在人间"。引来剧团好多人围观，当时情景真真气得老爸哭笑不得。你说淘气不淘气？

要说印象深刻的事，中山街小学文艺宣传队在县剧院里面演的那场《长征组歌》也算是一件吧。作为宣传队队长，姐姐是领唱，那场演出没有我这零蛋娃什么事。只有跟着全家前去观看的份了。舞台上的姐穿着军装，戴着军帽，画着红红的小脸蛋儿，简直神气极了。台下传来一阵又一阵雷鸣般的掌声，我又是羡慕，又是嫉妒，刹那间，一股莫名的自卑和委屈涌上心头，眼泪不由得哗哗直流。坐在旁边的老爸似乎看出了我的心事，慈爱地摸了摸我的头，把可怜的我搂在怀里。平时那么严厉的爸爸，这一举动真使我受宠若惊，让我深深感受到了父爱的温暖，心中委屈顿觉消除了大半。回家路上，外婆语重心长地对我说：“别看你爸平日里总是骂你打你，他是恨铁不成钢。其实心里还是最疼你的。娃呀，你也好好争个气吧。”

外婆的话，至今印在我脑海里……

1979 年的那个夏季让我永远难忘呢！它是我人生的转折点，我的命运由此改变了。

那天，我照常去上学。远远望去，校园大门口的墙壁前有好多人在围观。我非常好奇，急忙挤了进去。仔细一看，墙壁上张贴了好几张招生简章。原来是陕西省戏曲学校（后改为陕西省艺术学校）要在县里招收演员。天哪！这对我来说可真是天大的好消息啊！这是我的梦想，我一定要去参加这次考试。从那一刻起，我的脑海里全部都是戏词、唱腔，带着遐想进入了数学课堂。我的脑海里浮想联翩，我仿佛站在了舞台上，我一会儿韩英、江姐，一会儿又穿越到古代演白云仙、许翠莲……嘴里竟不由自主地唱出声来……老师非常生气，命我回答他提出的问题。“《柜中缘》。”我脱口而出的戏名搞得全班同学哄堂大笑。

由于演员工作流动大，常使孩子们都处于散养状态，所以父母坚决不想让我们姊妹们踏入这一行。当他们得知我想去报名考省艺校时，提出了强烈的反对意见，竟然把我反锁在了屋里以防万一。情急之下，我破窗而出，不顾他们情绪独自朝希望奔去……

望着考官审视的目光，我心里还真的有点发怵。考官说“别紧张，先唱一段听听”。我清了清嗓子，有模有样地唱了一段“《柜中缘》”，老师们相互交流点头，露出会心的笑脸。“会不会一点身段?”“会一点。”我赶紧表演了一段旦角技巧“八角手帕”，还即兴表演了现场指定小品“寻针”。生动的表演博得了考官老师的掌声。主考官盛凯老师说：“这娃天赋非常好，是个演戏的好苗子。”不几日，我又参加了陕西省戏曲研究院训练班的招生考试。这次发挥得更加自如了。

老天眷顾，经过几轮的复试，我终于收到了文化课考试的通知和复习大纲。简直开心极了！紧张的文化课补习开始了！

说来也怪，那时的我突然变得很有悟性，一学就通。连平日里最头疼的数学里的每一个小数点都被我背得滚瓜烂熟，考试成绩竟然名列前茅。

等待通知的日子是最难熬的……

外婆说：“初八、十八、不算八,二十八是个福疙瘩。我娃生在二月二十八，福大，命大，造化大。一定能考上。”

果然应了外婆的吉言，八月中，我便相继收到了陕西戏曲学校和陕西省戏曲研究院的两份录取通知书。消息很快传开了，来家道喜的亲戚朋友络绎不绝。老天太眷顾我了！这么快帮我现了我的梦想，助我走进了向往已久的艺校殿堂。

一九八零年七月一日，我正式步入艺术之苑，开始了我的艺校生涯……七年老师慈母般的精心培育，七年自身不懈的努力，七年专业化的训练，终于让我们从无知孩童蜕变成了拥有专业文凭和文化素养的戏曲演员。

我是幸运儿，毕业后被分配到了令人羡慕的西北五省的最高的艺术殿堂——陕西省戏曲研究院秦腔团。从此，流光溢彩的舞台，高亢激昂、优美动听的秦腔艺术成为我一生的追求和最爱！花团锦簇的舞台，优美的音乐伴奏声渐渐地在伴随我成长……

人生多变、最大的遗憾莫过于离开我最钟爱的舞台。时光荏苒，转眼已匆匆数年……

如今，京城生活已十几年了，值得欣慰的是，秦腔一直伴随着我的生活。有我参与的活动，必能听到秦声秦韵。几年前，在几位京城秦腔爱好者的倡议下，我们成立了北京春晖秦腔票友剧社，整理排练了几出秦腔剧目，时常用业余时间在京城演出秦腔。值得一提的是，虽为业余，各自在不同领域都取得不俗的成绩，但对秦腔的挚爱令我动容。剧社个个唱功了得，对艺术的认真态度堪比专业团体。最难忘在梅兰芳大剧院演出的那两场《火焰驹》，一个民间业余剧社，把秦腔唱到了文艺界专业团体都最向往的艺术圣殿是多么激动的事儿啊！剧社上下齐力配合，最让人感动的是跑龙套的阿姨们，她们大多已六十往上，当妈妈给她们画好妆，扮上之后，阿姨们激动地在剧场的艺术长廊合影留念，记录着美好的瞬间。当晚演出引起轰动，好评如潮。后来又应邀参加了宁夏艺术节和陕西的艺术节，反响很大，北京春晖剧社的戏也被更多的戏曲爱好者熟知和喜爱了。

人到中年，更怀念以前的美好时光。时光匆匆，留下的只有回忆了。

2014 年 4 月 18 日

心寄予笔

小时候我就喜欢文学，家里生活再艰难，父亲总是要挤出点钱给我们买书看。上省艺校时，我也偶有所感，不时地在校园的黑板报上写一些文章，多数是打油诗。这大概要归功于父亲的培养。告别了校园生活之后，因为演出太忙碌，我就很少动笔杆子了。我是一个戏曲演员，虽然演的戏曾在省上获得了多次优秀表演奖，但却从未想到过自己写的文章能在报刊上发表，更不敢想象能获得散文奖。

在北京的这几年时间，因为常常生活在作家圈里，有幸结识了许多知名作家，并能向他们当面请教，而且还经常参加许多文学活动。久而久之，耳濡目染，再一次引发了我对文学的浓厚兴趣。当然，这一切都要感谢父母的好朋友、我的恩师——周明老师。是他把我带上了文学之路。

想提笔写作，我又太不自信，总叹自己满肚子蝴蝶飞不出来。还是老师鼓励我说："写散文就是记述你自己的见闻，抒发自己的思想感情，把受感动的事，自己心里面想说的话写下来。

有了真情实感，你一定会写出好文章的。”

2002年秋天一个偶然的机会，我在老师那里见到了一种个儿出奇大，味道十分甜美的黄梨，当时我好奇极了。不久后恰好有个机会，我便和几个朋友相约驱车前往河北廊坊的兴旺林场参观。去之前并没有写文章的想法，只是在路途中听说梨主人杜宝仓为种梨受尽了艰辛，几乎倾家荡产，差点儿与父决裂，面临妻儿出走，把命运及一切都交给了盐碱滩，足足用了八年的时间，才培植出这种又大又甜罕见的晚秋黄梨。他的事迹深深地感动了我。最大的触动莫过于到了林场之后所看到的一幕一幕的情景，满园的丰硕成果当然是让人赏心悦目。但形成强烈对照的是寒风下简陋的住房、轮椅上残疾的儿子、工人们破旧的衣服和锅里没有一点油腥味的饭菜，呈现在眼前的种种情景都禁不住让人心酸。这难道就是林场主人和工友们的生活环境？然而杜宝仓正是在这样艰苦的条件下，历经八个春夏秋冬的千辛万苦终于培植出了“晚秋黄梨”这个新品种！他的毅力和精神打动了我，不知怎的，临走前，连我自己也毫无思想准备地突然脱口而出：回去我一定把你的事迹写篇文章。就在回北京的车上，朋友们也你一言、我一语地讲杜宝仓，讲晚秋黄梨……我的心久久不能平静，也一直沉思默想，这样一个八年如一日坚持不懈地为培养新品种而付出了如此大的代价，付出了如此艰辛的劳动和智慧的人，正是需要文艺工作者赞美和歌颂的。尽管我的笔头很笨拙，但我想写他，想为他呼吁，想张扬他的这种精神。

于是，我经过一段时间的认真思考和回味，前后断断续续地写了个把月，改了又改，短短几千字的散文终于在印刷精美

《旅游中国》报上发表了。这篇文章在我家乡的报纸上转载后，引起了较大的反响。还有一个意外的收获是，我父亲打来电话说有很多老乡向他打听杜宝仓的林场地址和电话，要订购晚秋黄梨的苗子，这是多么令我欣慰的事啊！《晚秋黄梨》发表后竟意想不到地收到了读者的反映并获得了奖。这使我这个散文习作者深深地悟到：写散文主要的是用心感受生活并能心寄予笔。这恰如口才不那么好的人，只要他说的是真心话还是能打动人的。

2004年12月3日

天堂去了个“兵马俑”

“评论家何西来去世了”。看见朋友圈发的这个消息，我惊呆了！怎么会？前几个月见到老师的时候他还说病情稳住了呀！我赶紧打电话问周明老师，他哽咽着说：“你何老师真的走了！”刹那间，我心里一阵揪痛，眼泪夺眶而出，那熟悉的身影仿佛又浮现在我的眼前……

十几年前初来北京，在周明老师的引见下，我认识了很多的大作家、评论家。特别是陕西籍的老师们对我的扶持和帮助让我永生难忘。他们如师如父，时刻关心这我这乡党娃的成长。我有幸能常常随他们采风，参加各种文学研讨会，耳濡目染，不仅使我对文学产生了浓厚的兴趣！而且受益匪浅！

何西来老师就是其中的一位。

记得两年前，北京广播电台国际频道要请何老师做一期《唐诗秦韵》的专题，老师特别推荐我与他一起做节目。老师讲解，我用秦腔吟唱。何老师将选用的唐代诗人王维的《阳关三叠》（又名《渭城曲》）书写好交给我。

渭城朝雨浥轻尘
客舍青青柳色新
劝君更尽一杯酒
西出阳关无故人

何老师不厌其烦，一遍又一遍地与我沟通，指导我如何把诗句理解透，唱词把握好。往事历历在目……

何西来是老师的笔名，本名何文轩。记得早年去外地采风，我负责给老师们订机票，到机场换票时，工作人员说何西来、白描两位老师的因名字不对，无法办理。我当时一头雾水，犹如做梦。咋能不对呢？开了那么多次会，看了老师那么多文章，大家也都一直这么叫着，怎么会搞错？接过两位老师的身份证一看，傻眼了！真的搞错了，一个叫何文轩，一个叫白志钢。因为我太自信不会搞错名字，所以当时只要了老师的身份证号，没有核对他们的笔名与真实姓名，才搞出这样的笑话。

何老师和夫人韦风葆的恩爱故事，堪称佳话。在我的印象里，每次活动何老师都带着韦阿姨一起参加。何老师在台前用洪亮的声音做精彩的演讲，博得全场阵阵掌声。韦阿姨则坐在后面默默地注视着他，静静地欣赏，脸上充满幸福的微笑。记得那年去湘西采风的时候，大作家们一路谈笑风生，何西来老师将他和韦阿姨的爱情故事与大家分享，还满怀激情地为夫人咏诗一首。多么浪漫，多么有情调啊！夫妻相爱相伴几十年、夫唱妇随，而且感情还一直保鲜，真让人艳羡！

在何老师身上，我真正领悟了什么是活到老，学到老。每次活动或外地采风，老师总是带着一个笔记本，认真地听，仔细地记录，很快就能写出精彩的文章。何老师生得高大威猛，两眼炯炯有神，讲话铿锵有力，秦人的形象在他身上有了完美体现，所以陕籍作家们幽默地称他为“兵马俑”，何老师也风趣地说自己是“将军俑”。

何老师不仅自己在文坛辛苦耕耘，书写了很多锦绣文章，还扶持了一批青年作家，为他们的作品集作序，帮助他们成长。我在《艺术评论》杂志社工作的这些年，也常常得到老师的支持。我组织的活动老师都积极参加。每次约稿从未推脱，而且按时交稿。

何老师平时喜欢秦腔，自己时不时也能吼上几句。但凡秦腔进京演出，只要他在京城必看不误。我们在京城有个业余的秦腔剧社，只要有我参演的，何老师和阿姨必来观看。他的家乡观念特别浓啊！

今年八月，北京陕西同乡联谊会举办的“迎中秋”联欢会上，我演唱了秦腔。演出结束后，何西来老师和阿姨高兴地对我说：“还是我们小朱唱得最耐听。”

最后一次见何老师是今年十月份在中国现代文学馆，女作家张洁的油画展上，见他精神大不如前，我便关切地询问他身体情况如何？何老师乐观地说：“没事，好着哩！谢谢小朱。”谁承想，这一面竟变成了最后的诀别！

老师走了，真的就这么走了！走得那么突然，真让人悲恸！

客居京城四十载，
乡音未改鬓毛衰。

老师的动情之言犹在耳边……

人间痛失一位大评论家，天堂去了个“兵马俑”。

2014年12月6日

王昆老师教我唱民歌

初见王昆老师，是在二〇〇三年的冬天。

周明老师对我说："一会儿带你去王昆家，让老师给你指点指点！"

王昆老师？王昆老师亲自给我上课？

我哪敢相信这是真的！

打小就听王昆老师的歌，对她崇拜极了！这个家喻户晓，常常在电视上见到的大人物我能见到？那么大的艺术家能给我这外地来的女孩上课？

一半欣喜，一半狐疑，带着忐忑的心情跟随周老师上了车，去朝内大街二〇三号文化部宿舍院拜访王昆老师。

一进王昆老师家，周老师说："王昆同志，这个姑娘是陕西娃，从小学秦腔，也爱唱陕北民歌，娃很崇拜你！今儿个带她过来请你指点和指教！"

当时，周巍峙老先生也在家，他特别平易近人，热情地和我们打招呼，说："陕西来的娃，欢迎，欢迎！"

“快坐下，快坐下！”王昆老师同样热情地拉着我的手坐在了她的身边。天哪！我见到真人了！那么和蔼可亲，啊！一点架子都没有啊！

王昆老师说：“秦腔我喜欢，也会唱几段呢，丫头是在陕西的哪个团呢？”

“陕西省戏曲研究院，它的前身是延安民众剧团。我主攻青衣和老旦，原来在秦腔团。”我认真地向老师汇报。

她说：“民众剧团我熟悉，史雷的《十二把镰刀》、马蓝鱼的《游西湖》、李瑞芳的《梁秋艳》等好多人的戏我都看过……”老师兴致勃勃地忆起了从前。

周老师介绍说：“娃现在在北京工作，可爱唱了！尤其是陕北民歌，所以带她过来拜访你！”

王昆老师说：“好啊！爱唱好！那就先唱一段听听！”

我刚要开口唱民歌，老师说：“先唱段秦腔吧。”

我清了清嗓子，给老师唱了一段《窦娥冤》。

没想到老师高兴地夸我说：“不错！声情并茂！我就爱听秦腔，慷慨激昂，苍劲悲壮，耐人寻味！陕北民歌也一样，要用心去唱，用情去唱！”

老师接着让我唱段陕北民歌，我镇定了一下，唱起了《赶牲灵》：“走头头的那个骡子哟，三盏盏的那个灯……”

“停！”老师说，“音色不错！但唱得太浮，不要总找发声位置。民歌就要用方言唱，最朴实的唱法才能打动人，要唱出特点。照陕西话的发音唱，再来一遍。”

“走头头的那个骡子哟，三盏盏的那个灯，哎哟带上了那个铃子哟，噢哇哇的那个声……”

"停！"王昆老师再一次叫停后，指导我说，"不要唱成普通话的'走'，要唱成陕西话的'走'，要用感情唱。你想想这首歌，如果站在陕北高坡上眺望，看到远方牵着骡子的陕北汉子走来，耳边传来'嘚嘚'的骡子蹄声，这是不是我的情哥哥呢？多好的意境，你深深地体会一下，就会唱得更好！"

老师不厌其烦，一遍又一遍地给我纠正和指点，我受益匪浅。老师一席话，胜读十年书，令我豁然开朗，对唱歌更加有信心了。

那天也很巧，王昆老师的大徒弟，著名女民歌手远征也来到了老师家里，老师说："这是我的徒弟远征，也是你的大师姐了。"我好高兴认识远征啊！

王昆老师说："歌要唱得好，就要多学、多想、多听、多练！"

老师的谆谆教诲，我永远铭记在心！

多年来，在王昆老师的关怀和悉心指导下，我的唱法也得到了一定程度的提高。

王昆老师不仅在自己的演唱领域做到了"顶级"，还用心呵护民间歌手。在她任东方歌舞团团长期间，大胆起用新人，培养新人。继李玉刚之后，中国歌剧舞剧院还吸收了王昆老师的爱徒、来自陕北的民间歌手王二妮为签约演员。老师精心培育着一个又一个的年轻人，为民歌的传承做出了卓越的贡献！

二〇〇九年七月十七日，榆林民间艺术团的歌舞剧《米脂婆姨绥德汉》在国家大剧院上演，王昆老师受编剧阿莹之邀前去观看。当时，老师是坐着轮椅去的，当我向老师问候时，老师关切地问我："最近唱得怎么样？有进步没有？"我向她汇报了我的近况。因为她对陕西、对陕西的文艺工作一向特别关心，所以她坚持看完了整个剧目。演出结束后，她和编剧阿莹、作曲家赵季平在大剧院的水池边亲切交谈。她说：“这台戏非常精彩，是继《白毛女》之后我看到的最精彩的歌舞剧。”她给予了充分的肯定和高度赞扬。后来，为显郑重其事，她还特别把这句话写了出来，以示鼓励。

王昆喜欢旋律美和演唱上的“纯朴”，这就是她评价民间艺术的标准，正如她自己的追求一样。

二十一日晚，惊闻王昆老师不幸辞世，心中无比悲痛。忆起多年前老师对我唱陕北民歌的耐心指点，鼓励我在北京好好奋斗的赠言，我不由一阵心酸。多么令人尊敬的一位老师啊，怎么说走就走了呢？我只能仰望星空，去寻找她的踪迹。

触摸在河之洲

“关关雎鸠，在河之洲。窈窕淑女，君子好逑。”幼时被父亲耳提面命背诵的《诗经》中这首美丽的诗篇，虽不明其中深意，但至今仍深深印在我的记忆之中。不想这次参加考察团却在合阳与这片神奇的土地相识。

位于陕西省合阳县以东的洽川，是黄河流域最大的湿地湖泊型国家重点风景名胜区。这里山河毓秀，水有神瀵之奇，山有飞浮之异。万顷芦苇荡，千眼神泉，百种珍禽，十里荷塘，一条黄河，秦晋相望。醉人的风景，旖旎的风光……它是黄河中闪烁的一颗璀璨的明珠。

一进洽川，我就被这眼前流动的美丽景色迷住了。哇！好美啊！春深似海的洽川，一眼望不到边际的芦苇绿洲给我带来如梦如幻般的惊喜。它绿如油，绿如诗，绿如画。十万亩的芦苇荡宛若黄河古道上的一所洽川绿洲画廊，它有别样的情，别样的美，美就美在这翠绿欲滴的芦苇丛了。我们划着小舟沿着两边的芦苇前行着，前方水面上一队队的稀有的鸟类映入我的眼帘，多情的鸟儿叽叽嘎嘎地鸣叫着向我翘首致意，用它们欢快的歌声迎接着我们这些来自远方的朋友。船右边的一片荷花使我的目光停留了下来，只见粉红色的荷花被翠绿的荷叶儿轻轻托举着，宛如纯朴农家女手中的针线筐箩。再看两岸这高高的树，岸畔青青的草，遍野鲜艳的花，多情的鸟，悠闲的鱼，加之柔和扑面的风，仿佛把我带进了江南水乡。不！这不是江南，这是黄河文化和黄土湿地留给人们最宝贵的财富，这是陕西独有的黄土峰林地貌。来到洽川，你才会真正领略到“小荷才露尖尖角，早有蜻蜓立上头”的诗情画意。置身洽川，好似融入一个大自然的画展，它头上顶着蓝天，怀中环抱着芦苇，秀丽中隐着壮美，婉约中藏着雄浑。

起于汉、兴于唐的提线木偶戏堪称中华一绝。洽川便是这悠久历史和璀璨文化的发源地。接待方在处女泉边的小戏楼为我们安排观看了一场提线木偶剧，表演者全是民间艺人。《猪八戒背媳妇》和《秃子闹洞房》两出小戏竟由两个小姑娘独自完成。她们身兼数角，表演惟妙惟肖，一会儿是猪八戒，一会儿是孙悟空，小村姑、秃子、群众，等等……委婉动听的唱腔，纯朴风趣的对白，幽默诙谐的表演，憨态可掬的木偶，不时使我们捧腹大笑，拍手称赞。出于好奇，大家纷纷跑上台去和演员们拍照。顺便也感受一下木偶的演法。我也按捺不住好玩的性子，凭着小时候演员出身的基础，手提木偶公主，想借机挥袍舞袖，大过一下戏瘾。可它不给面儿，怎么也不听使唤，提手它上脚，压根儿不是在姑娘们手中那般自如了。这就深蕴着台上一分钟，台下十年功的硬道理了。风趣的表演不仅带给我们欢乐和艺术享受，同时，当下提线木偶戏表演人才面临流失又让我为它的前景而感到担忧。我作为一个家乡人，又曾经是名秦腔演员，尚且第一次知道陕西还有这么一个古老的线胡戏，不能不说是一种遗憾。但像我们这一代乃至下一代又有几人能知道并领略这古老文化之精髓呢？如果不加以保护，它将面临流失。古老的民间艺术就这么悄然而逝，难道说不值得我们深思吗？

相传，在远古的时候，天上有七位婀娜多姿的仙女驾着彩云，飘然而至洽川。她们被眼前这一片片、一蓬蓬如诗如画的湖泊绿洲深深地吸引住了。于是纷纷降至湖中，采来芦苇叶、鲜花插于发髻上，摆出千姿百态，竞相争艳，到底谁最美呢？聪明的仙女们跑到黄河岸边，想借黄河之水映照容颜来做裁判。可是黄河之水太黄太浑，实在无法分辨。情急之下，仙女们伸出她们的纤纤玉手直至河心，黄河上顿有七眼清泉喷射而出。据说，此泉养鱼鱼肥，浇地地旺，所以又被称之为“瀵泉”。处女泉便是这七眼神泉中最为独特的一处。当你忘情地戏水泉中，才能感觉到什么是大自然带给人们的最美好的享受。脚踩泉眼之上，哇！太神奇；太美妙了，泉眼如人们心脏般地有节奏地跳动着，涌出了一层又一层蝴蝶般的沙浪。细细的沙子柔柔地轻打在我的身上，使我心旷神怡，仿佛是一位高级按摩师在做舒体保健按摩呢，我闭上眼睛，尽情地享受这美好的时刻。

啊！告别洽川了，我恋恋不舍地回首遥望那美丽而又难忘的地方……

2005 年 9 月 3 日

走进“泥塑之乡”

偶遇行家，谈起哪个地方的“泥塑”好，我总是很自豪地说：当然是我们陕西凤翔彩绘泥塑喽！

因为对别的地方出的泥塑我没有特别的了解，加之我是陕西人，保护和推广本土文化遗产当然就是我的神圣使命喽。不过，不是吹牛，你要是来过凤翔县，走进泥塑之乡，你才能感受它的真正内涵和魅力！

陕西凤翔彩绘泥塑是我国独具特色的一种民间艺术。当地人称为“泥货”。

2004年初夏，我有幸随中国作家“非物质文化遗产保护与利用”采风团回到陕西，再次踏入这曾经给我留下美好记忆的地方。

记得第一次走进凤翔县是1987年，那时我刚刚从陕西省艺术学校毕业被提前借到陕西省戏曲研究院秦腔团下乡演出。真是意外的惊喜啊！演出之余，接待方带我们去观赏了当地的民间工艺。当然，那时候是在一个很简陋的展览馆。我们当时都被这琳琅满目的刺绣、布包、画有戏曲脸谱及十二生肖等的七彩泥塑所吸引。临走时，展览馆还向我们每人都赠送了一件礼品。我得到的那件花脸泥塑还一直摆放在老家的屋子里呢！这是我第一次步入工作岗位，也是第一次得到这么珍贵的礼品。

时间一晃，这十几年就过去了！

凤翔县城东 3.5 公里左右便是六营村。车子刚入村口，一个高于其他农舍的艺术建筑便映入我的眼帘……墙上绘制的巨幅木板画生动耀眼，大门两端蹲着的两只彩绘狮子活灵活现。近前一看，门前挂着“泥塑研究会”“民俗博物馆”的牌子，这里也是接待来宾的地方。

根据《凤翔县志》记载：境内出土的春秋战国、汉、唐的古墓中的一些陪葬陶器动物、陶人等，近似于当今的泥塑品，古泥塑艺术的历史可追溯到二三千年前。相传在六百多年前，明太祖朱元璋曾派部将李文忠在雍水河畔“屯会”，后第六营士兵在当地安营定居。其中一部分江西籍的士兵会做陶瓷，便利用当地黏性很强的“板板土”和泥制模，捏出泥人、泥动物做偶彩绘，然后当作玩具出售。六营村的脱胎彩绘泥偶便由此得名，并代代相传。这些泥塑先前是以表现虎、狮、羊、猴、马等动物和神话历史戏剧人物为主，俗称“耍泥活”，后来逐渐演变成彩绘、素描等手法的泥虎脸挂件、泥牛头挂件等，就这样一代又一代地传承着。

随着时代的发展，后辈人在继承传统手法的基础上不断创新，呈现出不少新的更生动的作品立足市场，远销海外，世界儿童组织把它誉为“给孩子们最好的礼物”。六营村泥塑工艺当之无愧地成为当地大文化旅游景观，吸引了数以万计的国内外专家学者、游客、艺术界及新闻界的朋友，大家纷纷来到这里采访参观。国内外的许多影视、报刊媒体都给做了强有力的专题报道，凤翔六营村顿时名声大噪，“泥塑之乡”便由此得名。

2001 年，凤翔县政府正式命名六营村为“民俗文化村”。

该村泥塑艺人胡深和胡新民二人制作的泥塑马、泥塑羊在 2002、2003 连续两年被选为国家生肖邮票主图。

就在今年 3 月，文化部命名凤翔为“泥塑之乡”。

牛吧?

哈哈，此处应该有掌声!

听完介绍，我们在讲解员的带领下步入了村里。这里的民居统一是复古的外墙和门头，还有青砖铺设的门厅，古色古香，具有浓厚渲染力。透过一扇扇洞开的大门，可以看到院内的窗台上、屋檐下到处摆放着泥塑半成品……那些稚拙古朴、粗犷夸张的泥塑品牵着我们的目光、拽着我们的腿。天哪！这里简直就是一个艺术殿堂啊！走进一间泥塑工作室，只见一名青年手拿一大块黄泥在地上不停地摔打、反复揉和，半天之后，才不慌不忙地开始捏制。那泥巴在他手里如面团似的软和，看似无序的动作，却让黄泥一下子站了起来。不一会儿工夫，一只四肢健硕、扭头摆尾、呆萌可爱的半人高小马驹就诞生了。

透过一扇扇敞开的农家大门，看到院子里处处摆放着泥塑的半成品，让人一下子感受到这个小乡村律动的脉搏。在门前修建下水道的村民自豪地说，实际上这个村自古就有“泥塑村”的称号，正修的这条正街将成为“中国泥塑一条街”。

在讲解员的带领下，我们走进民间泥塑艺术家胡深先生的家中……

进入院内，首先映入眼帘的是正在制作泥塑的场面。和泥、捏泥、晾晒、上白等制作流程在这里操作，师傅们都在埋头工作，偶尔抬头看到我们，便会送上一个热情的笑脸。上彩的工作场地在西厢房和东厢房，屋中的男男女女，也都在忙活着各自的活计……行至中堂屋，屋内各个角落都摆满了丰富多彩、惟妙惟肖的泥塑成品。四壁悬挂的七彩泥塑更是韵味十足、生动有趣。我摸摸这个，再看看那个，真真让人眼花缭乱，爱不释手啊！

主人胡深可真是个了不起的人物哪！

胡老先生祖上好几辈都是从事这一乡土手艺。在他五六岁时就跟随父亲学习传统彩绘泥塑。

胡深先生在20世纪80年代就曾多次赴中央美术学院和中央工艺美院办展讲学，其作品几十年来曾多次参加国内外展博会。多年来他先后获得文化部“中国民间艺术一绝大展”奖等十项大奖，他的作品90年代就上了小学课本。诸多国内外新闻媒体都以不同形式多次报道介绍过胡老的艺术成就。

在他从艺的六十年间，严谨执着，德高艺精，使泥塑事业在继承传统的基础上又融入了新的元素而不断地创新。“神州泥塑一只手”“绝艺擎天”“艺海精英”的各种美誉是业内专家对他的充分肯定。

现如今，他的老伴、儿子、儿媳、女儿都是当地的著名泥塑艺人，他被宝鸡市政府授予“优秀民间艺术家”，凤翔县政府命名他家为“泥塑世家”。2002年，在胡老的作品泥塑马生肖邮票首发式举行时，县文化馆特为胡老送上对联一副：上联是“凤翔泥塑马跃上生肖票显民间奇艺”，下联是“六营老艺人传承绝技为神州精英”，横批“泥塑世家”。

当之无愧啊！为胡老喝彩！

讲解员如数家珍地悉心介绍，我们也兴致勃勃地随着她声音步入了又一个代表人物胡新民家中。

大院中，一位腰系大围裙的老师傅正在胡新民的指导下用铝勺给已经风干的泥塑小鸡从上往下“浇汤”挂粉，顷刻间，原本沙土色的泥塑变成了石灰白。在另一间彩绘室里，他的妈妈、媳妇等几个妇女手拿毛笔，精心细致地为一个个晾干的泥塑品勾勒上色。一点是眼睛，一画是眉，一圈是祥瑞的图案，粗中有细，细中方见真功夫。随着笔走龙蛇，一个个身着彩装的泥塑就完成了。这看似简单，做起来可得有真功夫啊！

胡新民，是六营村年轻的泥塑艺术家，也是凤翔泥塑艺术的后起之秀和代表人物之一。他今年 39 岁，是生肖邮票泥塑羊的原作者。因为从小受泥塑文化艺术的熏陶，他在小学时期就已显露出绘画和雕塑之灵气。中学毕业后，他就潜心学习泥塑设计和制作工艺。在继承传统的基础上，又研究创作出《钟馗》《关公》《五毒挂》《十二生肖》《智慧猴》等四十多个创新作品。泥塑作品丰富多彩，出神入化，栩栩如生。他还将泥模具开发改进为石膏羊，使作品在多次制作后仍不变形。在泥塑中加入了糯米、陶胶等五种附属原料，而使泥塑产品结实耐用、重量减轻、不易摔碎。这可给泥塑传承添了浓墨重彩的一笔啊！胡新民，你真行！

近年来，他又自创了十二生肖剪纸塑画，被誉为“艺苑奇才”，联合国教科文组织授予他“中国民间艺术大师”的殊荣。从 1985 年起，他就应邀远赴美国、日本、香港等地访问献艺，作品多次参加国内外大展和世博会，屡获金奖。他的父母和妻子也都是泥塑高手哩！最值得一提的是1998年6月，他的妻子携9岁女儿园园在西安古城墙上为来访的美国总统克林顿表演泥塑绝活，当场受到了高度赞扬。泥塑传承后继有人啊！

作为市、县“十大杰出青年”“文明示范户”“优秀民间艺术家”，胡新民在传承和创新的道路上还将继续前进……

六营村这些带着浓郁的乡土气息的泥塑作品，彰显着凤翔最耀眼的个性，它已具有闯荡世界的实力，以及名扬天下的深邃魅力。

老佩夸凤翔，因为这里有值得骄傲的“泥塑之乡”。

走进“泥塑之乡”，这里有许多好物件、好故事等你分享！

2004年9月9日

幽默的“邓大人”

看到书架上的这本《八十而立》，不由得让我想起这位令人敬仰又特别风趣的老人。由于他资历老，德高望重，大家都亲切地称他“邓大人”。但在我眼里，他是一个亲切可爱而又特别诙谐幽默的老头。

2012年春节前夕，时任中央政治局常委李长春代表党中央去家里看望他时，称赞他是在党的领导下成长起来的红色作家、革命作家、军旅作家。

他只读过四年小学，还曾经受骗去日本当过劳工。小时候经历非常坎坷。1942年参加抗战，1945年到新四军任文工团员，见习记者。1950年调到北京文联工作。发表小说《在悬崖上》，引起轰动。著有《我们的军长》《话说陶然亭》《追赶队伍的女兵们》《烟壶》《那五》等。曾连续五年获全国优秀中短篇小说奖。

他是谁呢？他就是著名作家邓友梅老师。

邓友梅老师的作品我很喜欢看，文章很鲜活，语言很生动。他的叙事风格和语言特征非常独特。阅读起来，即使不看作者名字，都会读出是他的大作。他思路也特别开阔，多年来新作不断，笔耕不辍。

邓老师也是一个很浪漫的人，时尚的玩意儿他也很喜欢。喜欢喝咖啡，喜欢时尚的手杖，也喜欢戴墨镜。常常穿着一件像电影导演一样身上到处是口袋的水洗布背心，天稍冷些，还见过他穿过一身合体的唐装。这些年，老爷子还喜欢上了电脑，也学会了玩手机游戏呢。

我是一个非常幸运的人，十几年前在周明老师的关怀和提携下，有幸能常常与全国知名的作家一起参加采风活动。作为晚辈，我认识邓友梅老师已经十多年了，在这十几年中，老师对我的影响和支持也是很大的，但凡我策划组织的活动他老人家都积极参与给予支持。

第一次接触邓友梅老师就是在2004年的《中国名家看平塘》的大型活动中一起到了贵州。邓老师机敏智慧，谦和幽默，有他在的场合都是充满欢笑十分活跃。记得在那次的欢迎晚宴上，接待方由于他身份高、年纪大，所以讲话特别严谨，很讲究礼节。但他会很快地用风趣幽默的语言打破沉闷的局面，即兴讲上几句话，会把方方面面都照顾到。他的语言既严谨又很文学化，现场气氛顿时变得特别活跃。

最有意思的当数湘西的那次采风活动了，在大雨中，我们走进了德夯那美丽的大山，神奇的苗寨。按照当地的习俗，对歌三关才能进山门。老爷子打头阵，他手执小喇叭神采飞扬地唱了一首山东小调，洪亮的歌声响彻山间，声情并茂的表演，博得在场阵阵掌声，评论家李炳银老师用一首浑厚的陕北民歌唱响了第二关，我的一曲《山歌好比春江水》完成了第三关。那些个生动的画面至今印在我的记忆里。

我们曾多次走进西安，一同到周明老师的家乡周至去参观《长恨歌》的诞生地仙游寺，并题写赠言；一同走进西安翻译学院与大学生们亲切交流；印象最深刻的是那次在高陵参加“高陵县文学现象”研讨会间隙，我陪同邓老师及其夫人韩舞燕阿姨去宜川壶口瀑布，一路上，老爷子谈笑风生地给我们讲述有趣的故事，谈美食，唱苏北小曲、山东小曲、民间小调。我也自告奋勇给他们唱秦腔，唱陕北民歌。到了壶口，看到眼前气势磅礴的瀑布，老爷子特别地开心，赞不绝口。舞燕阿姨穿上陕北女孩的红棉袄绿裤子，骑着小毛驴，老爷子系上了白羊肚子手巾，手持老农的长烟袋，也摆起了 pose，我们拍摄下了许多照片留念，还在那里品尝了最正宗的黄河大鲤鱼呢。实在是太开心了!

那些年，我们一起走过许多地方，在我的脑海里留下过许多美好的记忆。老爷子的文品和人品一直感染着我，伴随着我在文学道路上成长。

2013 年，我所在单位中国艺术研究院《艺术评论》杂志百期纪念，主编安排我请名人大家为杂志题词。我第一个就想到了邓老师，主编说：“邓友梅老师在中国文坛影响那么大，如果他老人家能题词可真是咱们杂志的荣幸啊。佩君，这事就交给你了。”接到任务，我便斗胆给邓老师打了个电话说明了情况。老爷子风趣地说：“我不是书法家，字写得也不好看，实在不好意思提笔。不过，为了支持姑娘的工作，勉强写一句吧。”当时，老爷子就写了，“艺术之树长青——贺艺术评论百期纪念”。

同年10月，我们《艺术评论》增加了文学版块。我作为文学版的责任编辑，想邀请他和黄宗英老师等一些大作家写写自己的创作之路，但又觉得有点得寸进尺，实在不好意思开口。犹豫再三，便搬出了我的监护人周明老师出面提说。老爷子果然很给面子，他说："我现在年纪大了，本已打算封笔。但是，周明提出的，又是对小朱工作上有帮助的事，那一定得照做。"随后，他还赠送我两本他的新著《难忘的军旅》和《八十而立》让我阅读，增加对他创作之路的了解。期间还不时地让舞燕阿姨与我沟通，问及杂志的要求并让提出建议。没多久，我便收到了韩舞燕阿姨发来的文章《我走过的人生道路》。文章的开头是这样的："老朽我八十有二，脑细胞退化，近老年痴呆，为少闹笑话，少说错话，正自令封笔，落得个自在，好友周明突然来电，要我写篇稿子谈谈'走过的路'。我说我已作了封笔决定，他说决定很好，但要写完这篇再执行。友命难违，可是走八十二年的漫漫长路，回头望去曲折遥远，都找不出路口来了。从哪儿说起呢？……。"

他对待文学的严谨，对待事情的认真态度深深地感动着我，也激励着我。

这些年，老爷子因年纪大了，所以很少出来走动，也几乎不参加各类活动了。但隔一段时间，周明老师就会带我一起去他位于小街桥附近的家里去看他，近几年来从未间断过。

老爷子养了一只美丽的小鸟儿，每次去他家都能看到小鸟儿在客厅里自由自在地飞来飞去，特别的可爱。它时而站在阳台那浪漫的白色欧式吊椅上，时而落在客厅里的博古架上，任性时还落在老爷子的头顶上鸣叫两声以示它的存在。老爷子笑呵呵地把它托在手中给它喂点小食，生怕惹了鸟儿生气。是一个童心未泯的老头啊！

在我眼里，他与舞燕阿姨的爱情才最让人艳羡。他们相亲相爱，相濡以沫，形影不离。老爷子常常打趣说：“老婆说什么好你就说什么好，这样会省很多麻烦。比如，她在商场看上一件衣服，你就可着劲儿地说好看劝她买下，最后她还是没买但心里还是很开心的。这样，既省了钱，还会讨老婆欢心，当然，老婆提出的要求我们还是要满足的，否则人家不给你做饭吃，饿肚子可不划算啊。我的原则，听老婆的话，永远跟党走。”幽默而智慧的话语常常逗得我们开怀大笑。

在老爷子精神和心情都不错的情况下，我们便会请他们到附近的馆子聚聚餐，他们爱吃北京菜，老爷子也是一个很懂美食的人哦。每次吃饭，他身上总带着一小瓶自己专用的小酒。谈到开心时，还会再加喝一点啤酒。听舞燕阿姨说，老爷子还有一个特殊的像小孩子一样的爱好——每天早餐都要吃肯德基。

最开心的就是在春暖花开的时候接他们老两口到我位于北五环外的玻璃小屋去品尝我的朱记家宴喽。我做菜的手艺，老爷子总会夸奖两句。但对于我最拿手的红烧肉的做法，懂美食的他总会给一些建设性意见。

上一次接他们老两口去农庄是在去年夏天，同行的还有周明老师、红孩老师。院内花儿争奇斗艳，菜园子里的各种蔬菜郁郁葱葱，十分茂密。我们坐在庭院的花架下品茶，听老师们谈文学，讲趣闻，聆听邓老爷子这个八零后饶有兴致地讲往日的故事……。老人家讲得开心，我们听得入迷。我指着树上黄澄澄的杏子对老爷子说：“我院子里那几棵树都被长辈们认养了，唯独这棵杏树还没有主人，你就做它的主人怎么样？”老爷子很开心地说：“小朱说的这几个杏子归我了，那就得我说了算。谁也别吃，就让它挂在树上作为一景吧。”说罢，还拉着舞燕阿姨在树旁合了个影照。

记得向他讨教写作技巧，他说：“我读书时，常是以己之短比人之长。因为知道自己先天不足，所以避免走弯路。写作的时候，是以己之长补人之短，专找一些自己顺手的来写，不重复别人的路子。虽说不算太出色，却不与别人的风格雷同。这样才会有存在的价值。”

他是赫赫有名的文学大家，但他做事低调，平易近人，与他相处没有距离感，亲切得犹如邻家大伯。人说老小老小，他开心起来像一个天真的小孩童，倔强起来也恰似一个顽皮的小孩。总之，他是一个多彩而又丰富的老头，十多年的相处，我视他们老两口如亲人一般。一段时间没见，还真的挺挂念他们的。时间久了，看望他们也成了一种习惯。

正在回忆，周明老师突然打来电话：“你舞燕阿姨去美国看女儿和外孙女去了，你邓老师一个人在家里。天气变冷了，我们是不是该去看一看他了。”

是啊！又是近两个月没去了，真得该去家里看望他老人家了。

2018 年 1 月 6 日

监护人的“中国梦”

第一次认识周明老师是在2000年的春节前夕。我记得很清楚，那是在北京会议中心举办的北京陕西同乡联谊会的活动上。

说来也巧，爸妈和三原县剧团一行二十多人是受北京陕西同乡联谊会迎新春活动邀请前来助兴演出。刚好那时中央电视台二套对我做了一期《婚恋沧桑》的专题采访，其中需要我的一些在舞台唱秦腔的镜头，所以我就自告奋勇地加入到这次的演出行列中来了。

周明老师是北京陕西同乡会的会长，被誉为陕西人在北京的一面旗帜。能认识他真是莫大的荣幸啊！当初见到他时，我的心里充满尊重和仰望，寻思着，这么大的人物，他会不会架子也很大呢？哪承想，他竟是那么热情，那么亲切地迎接着我们，凡事都亲力亲为地前后招呼着我们。是那么的可敬，那么的和蔼可亲！瞬间让我变得不再拘谨。当他与我父母交谈后，对我稍有了一些简单的了解。得知电视台要采访我和录制台前幕后的花絮时，给了我很大的配合和帮助。这个领导可真好，太平易近人了。他面色红润，声音洪亮，步履矫健，怎么看也不像快七十岁的人呀？这是我对他的第一印象。

第二次见到他还是在北京，那是因我在工作上的一些事情不顺心，来京办事又遇到一些阻力。在爸妈的劝说下，去找我们的这位陕西领头羊——周明老师寻求帮助。

记得那是2002年初夏，爱面子的我犹豫再三，心里想，如果打过去电话老师不接或是想不起来我是谁那多不好意思呀。犹豫再三，后来终于鼓起勇气拨通了电话："喂，您是周明老师吗？我是西安来的，叫朱佩君。您还记得参加同乡会演出时我演《三对面》里面的公主，当时央视采访您还帮我协调过呢。您还记得吗？"我当时有些紧张，一股脑地讲完了一串话。"记得，记得，咋能不记得哩。你是和你爸妈一起来参加演出的么，你爸妈唱的《三娘教子》美滴很，你的公主扮相俊俏，唱得也很不错。"电话那头的声音好亲切啊。我瞬间松弛了许多。"太感谢您了，都快两年了，您还有印象。我现在北京，有点事情想麻烦您，不知道您方便不？"我试探地问道。老师说："都是乡党，不用客气，有事可来单位找我谈。"

中国现代文学馆——这个被誉为亚洲最大的文学殿堂我第一次与它接触了。握着巴金的手走进文学殿堂，当我的手触摸到B座镶嵌有巴金手模的门把手时，一种神奇的力量摄入我的灵魂深处，引领着我向201房间走去。

后来，在周老师的鼓励下，我认真地做了个重大决定——来北京发展。

父母对周老师说："这娃可怜，自小也没在我们身边长，性格很独立。她善良，能吃苦，不要看她三十多了，但内心还是很单纯。这么多年也经历了不少坎坷。到北京了，我俩就把她托付给你了，你就当自己的女儿一样管教，有你经管，我两口子也就放心了。”一席话说得周老师也掉下了热泪。他说：“放心吧！在北京咱陕西人多，也都很团结，也都会关照她的。北京毕竟是大城市，是首都，机会多，加上娃又聪明，一定会有更好的发展的。”自打那天起，周老师就正式承担起了我的监护人的义务。

不管是工作还是生活，周老师都给了我很大的关心和帮助。说实话，个性很强的我还真没少让老爷子操心啊！在监护人的关怀和支持下，我真正地静下心来在北京安营扎寨了。从此开始了我新的人生，从此与文学结缘。

平日里，在周老师的教导和引荐下，我有幸先后与著名前辈作家周而复、魏巍、贺敬之、柯岩、黄宗英、邓友梅、林非、柏杨先生夫人张香华等以及在京陕籍的著名作家阎纲、何西来、雷抒雁、王宗仁、刘茵、白描、白烨、李炳银等老师相识并请教。通过参加文学研讨和各种文学采风活动培养我爱散文，写散文。耳濡目染，潜移默化，渐渐地把我从一个戏曲演员带入到文学的队伍当中，使我受益匪浅。

记得 2003 年在写第一篇散文《晚秋黄梨》时，刚开始怎么都进入不了，不知如何开头，也不知用什么词语来描绘，总感到满肚子的蝴蝶飞不出来。周老师就不厌其烦，谆谆教导我说：“散文，就是你心里想说的话，把最真的情感用最平实的语言表达出来就好，并不需要太多的华丽辞藻。心里怎么想就怎么写。”

一个多月后的一天，周老师打电话说：“到我办公室来一下，有一件比较严重的事情和你谈一下。”听着他电话那头语气特别严肃，我的心里突然感到惴惴不安。怀着忐忑的心情敲开了老师的办公室门，“领导，发生什么事了，现在能告诉我吗？”我怯怯地问。周老师神秘地递给我一张彩色的《中国旅游报》说：“你看看里面是什么。”打开报纸，哇喔，醒目的《晚秋黄梨》四个字和我在黄梨堆里的照片映入我的眼帘。文章占据了大半个版面，我激动地把它抱在怀里，崭新的彩色报纸还散发着淡淡的油印香味儿。这是我的作品，我的第一个散文作品。我真的能写文章了！我简直可以用欣喜若狂来形容当时的心情，爱不释手啊，那个晚上我是枕着那张散发着油墨香味儿的彩版报纸入梦的。

那天起，我真正地爱上了散文。

当时，我虽已三十多岁的人了，但生性有些倔强和顽皮，少不了让周老师操心。为了让我安心在北京工作，老爷子苦口婆心地给我讲了很多道理。我很任性，时不时地就会耍点小孩子脾气，但老爷子一直包容我，扶持我。

时光荏苒，转眼已十几年过去了……

如今，监护人八十多了，让人欣慰的是他身体很硬朗，精神矍铄，根本不像八十多岁的人，看起来六十岁左右样子。说到这，不由得让我想起一些让人忍俊不禁的事儿来。

记得前些年陪老爷子到中日友好医院去体检，我们乘电梯来到专家楼。我环顾四周，全都是白发苍苍，走路颤颤巍巍的老者。当周老师将蓝色的专家医疗本递到护号台前，护士问到：“哪位是周明？”周老师说：“是我呀。”护士用疑惑的眼神上下打量着站在眼前这红光满面，身材板正，满脸微笑的人儿。“不好意思！单凭专家医疗证我们无法判断是不是您本人，麻烦你拿身份证让我看一下。”瞧瞧，人家不信。糟糕！走的时候没想到会有这出，所以没带身份证，好说歹说解释半天不起作用。无奈，只能返回取之。

记得那是2015年秋，我与老爷子一起去重庆参加一个活动，在机场办理头等舱登机牌时就闹了很大的笑话。“朱女士好！由于周明先生年过八十，所以我们得为你们准备轮椅，我们的工作人员会帮您一起照顾。”哈哈，一下子把我给逗乐了！连忙说：“不需要，不需要，谢谢你们啊！真的不需要了。”工作人员说：“那不行，我们必须负责任，请问老人在哪？”我用手引领她的眼神到后面不远处，老爷子正在边走边比画地接电话。他那洪亮的声音，矫健的步伐直接把工作人员看蒙了。她疑惑地问：“他，是周明？八十一岁？”我说：“是啊！”她又说：“不行，看起来实在不像本人。麻烦你到东航再开个证明，否则我实在不能给您办登机牌。”嘿！真真可笑！自己的身份证都证明不了自己，还有谁能证明呢？

去年圣诞节的上午，我和陕西美女作家燕窝、诗人穆蕾蕾在周明老师的带领下一起从西安去往他们三个人的家乡——周至。一路上周老师如数家珍般地又一次给我们讲着周至情结，仙游寺从发现到重建过程中的许多鲜为人知的事情（这个内容我已听了几十次了）。他那浓浓的家乡情，十几年来为仙游寺重建一直奔波操劳的精神深深地打动着我。最让人动容的就是他那句：“习主席提倡人人都有个中国梦，仙游寺重建完成就是我的中国梦啊！”多么高尚的情操，多么朴实的老人啊！

一个多小时的车程，我们便到了仙游寺。此时，天空飘着小雪，柔柔的雪粒儿撒在脸上瞬间即化，圣诞节下雪意境会更美！更何况我们来到了供有佛骨舍利的国家级文物保护单位仙游寺，更让此景多了一丝禅意！好美哦！一进寺院大门，周老师就开始进入导游角色，看着一排排刻有众多当代诗人、作家题诗而新建的碑廊他兴奋异常，我不由得回忆起 2002 年初来仙游寺的情景……

这十几年来，我多次陪同周老师回家乡，目睹了周老师为家乡所做的许多努力。真是倾注了很大心血啊！多么浓浓的家乡情！多么大的功德啊！还有值得高兴的事呢，原周至县委副书记张长怀先生听说周老师回乡，也早早地赶过来了。看见久违的张书记，不由得把我的思绪带回到 2003 年那非典暴发的特殊时期。那时，我和周老师也是因回家乡参加活动被困在了家乡。当时张书记特别仗义，不嫌弃我们这些来自北京的家乡人（因为北京非典严重，当时人们都躲避北京人），特殊时期，竟陪着我们走遍了周至的每个峪（周至有十八峪）。他们在一起谈文学，讲散文，潜移默化地感染了我。我的散文启蒙教育源于周至这一方土地。

周明老师无论走到哪里，心里总是惦念着家乡，牵挂着仙游寺。尽管他曾为仙游寺因故搬迁而抱憾，但这十几年来，他竭尽全力为仙游寺的建设奔波周旋，呼吁呐喊。

朋友们常说：周老师不但是中国文学界的基辛格，著名作家。他更是一个大善人，积大功德者。他可是个有大福报的老人啊！

在我的眼里，他是一位善良谦和、宅心仁厚的长者；是一位工作热情饱满、认真负责任的领导；是一位思维敏捷，精神矍铄的智者。他对前辈作家非常尊重，常常抽出时间去看望老作家、老领导。对文学爱好者极力扶持，帮助大家在文学圈发展。著名作家王蒙曾开玩笑说：“这个周明到底是什么特殊材料制成的，怎么就永远不老呢?”著名作家邓友梅老师在贵州采风时曾风趣幽默地讲：“现在的人考证前朝历史总是众说纷纭，以后为了没有争议，每个世纪就留一个活化石去给后人讲历史，周明就最适合这个角色了。”邓老一席话逗得我们哈哈大笑。是啊！真是奇了！认识周老师二十多年的人都说他的年龄仿佛停留在二十年前，岁月并没有在他身上留下痕迹。

已故著名诗人雷抒雁当年曾赠予周明老师这样一首打油诗：“胡子一刮，精神焕发。说过七十，好像十八。一边落叶，一边开花。人生至此，值了值了。”

2018 年 2 月 2 日

我的“博导”叫红孩

我的博导叫红孩，你肯定会纳闷地说：这老佩可真能瞎吹牛，研究生都不是还能有个博导。可我要再次强调一下，在我的心中他就是真真正正的如假包换的博导。

红孩，这个响亮的名字是不是已经惊爆你的眼球了？

散财童子、圣婴大王，牛魔王和铁扇公主的小少爷红孩儿。他不好好大战孙猴子，竟然来到凡间写散文了。嘿嘿，神仙就是神仙，想啥就来啥。莫非他写散文时，一边敲着电脑，一边还鼻子生烟吐着三昧真火。No！那些都是神话。我的博导红孩可是文学界大名鼎鼎的作家、散文家、散文评论家。不信咱就百度百科里搜索一下……

嘿嘿，怎么样？我没吹过吧！

红孩老师是我的博导，但也是我的好朋友，他生于一九六七年，我是一九六八年，我们的年龄只相差一岁。都是同龄人，可是我们的差距咋就那么大捏？论起工作单位，我们同属文化部，他在中国文化报，我在中国艺术研究院。但在散文圈，他已是成绩卓著的散文家，而我充其量也只算刚刚入门的学生而已。如果论起他的成就和影响力，当我的博导还是富富有余哒。

这些年来，在周明老师的影响下，在红孩老师的带动下，渐渐地，我正式成长为散文学会的一员。

记得红博导说过："小说是我说的世界，散文是说我的世界。"他说散文可以宣泄情绪，可以讲故事，可以写见闻，散文是自由的。这些观点对我启发很大！

我在写作上常常感到困惑，一是由于自己从小学戏曲，文学基础较差，二是没经过正规学习，不懂写作技巧，纯属半路出家，心里没底。

可红孩老师却说："你的生活经历丰富，故事很多，你把最真实的、最感人的事情用最朴实的语言表达出来就好了。文章并不需要太多的华丽辞藻。"

我交给他的第一篇文章是《塬上的姨妈》，当时看了之后他非常高兴，但也给我提了一些中肯的意见："这篇文章真的很不错，故事很能打动人，就是有点太臃肿，如果再仔细修改一下将会是一篇美文。"感谢红孩老师！在他的指导下，我做了详细的修改，不日便在《中国文化报》刊登了。《塬上姨妈》见报后反响真的不错，后来，这篇文章还相继获得了金锣杯全国散文大赛二等奖，漂母杯全球华人的散文诗歌大赛二等奖呢。

2016 年 7 月 21 日，我抛下刚刚被大水淹过的家园，蹚过农庄的一片汪洋，带着满身雨水出现在周明老师和红孩老师面前。我们一起赶赴首都机场，飞往古朴的陕北高原吴堡参加纪念柳青诞辰 100 周年活动。

车子在蜿蜒的道路上盘旋着。沿路一片片的枣树尽收眼底。车内一直循环播放着陕北民歌《赶牲灵》，好亲切啊！这首脍炙人口耳熟能详的《赶牲灵》可是我最爱的陕北民歌啊。红孩老师神秘地告诉我说："老佩，这次带你来这里是来寻根的，这里一定会给你惊喜哦。"听了他的话，我有些疑惑也有些期待。

说实话，我长到这么大，旅游过的地方实在是屈指可数。所以难以想象，这个地方于我来说会有什么惊喜呢？

三天的采风给我留下了深刻的记忆。柳青故居那古朴的窑洞和乡间小道；被誉为铜吴堡的石头城；毛泽东在 1948 年 3 月 23 日，率领在陕北转战了一年的中央纵队东渡黄河，前往河北省的西柏坡的出发地——黄河二碛，等等。还有一个最大的收获呢：原来，这次我们所住的张家墕村，就是陕北民歌《赶牲灵》的诞生地，它的作者张天恩就出生在这个村子里。这个意外的惊喜，真的令我特别的开心。

看到我喜出望外的神情，红孩老师微笑着对我说："老佩，怎么样？对你来说应该算是惊喜吧？好的作品都来自于深入生活，一定要好好听，好好记，多把握一些素材才能打磨出一篇好的文章。"

第三天下午，与会的其他外地作者陆陆续续地离开了。红孩老师告诉我："一会儿咱们去张天恩故居参观，这是我特别向李部长提出的一个建议。你那么喜欢陕北民歌，爱唱《赶牲灵》，希望你通过这次深入陕北的采风活动能用心写出关于陕北民歌的一篇散文。"

对张天恩故居的采访使我受益匪浅。陕北民歌背后的故事深深地打动着我。回到北京之后我就开始创作，半个月之后，我便将这篇《赶牲灵的哥哥哟我来了》交给了红孩老师。隔日，他来电话高兴地说："老佩，这篇不错，进步很大，再稍加修改就会更好。"

《赶牲灵的哥哥哟我来了》刊登在《中国文化报》之后还真是反响不错。好多老师都纷纷发来短信表扬我夸我进步很大。微信朋友圈也纷纷点赞转发。后来，这篇文章还被选入了王剑冰老师主编的《2016 中国精短美文精选》。好激动啊！感谢红孩老师！有了他的鞭策和鼓励，才有了我潜心创作的动力。

前年初秋，陕西的天气却异常的燥热，令人窒息。从老爸的微信里发现他竟然在那么炎热的空气下，带着一帮已经离开舞台数年的叔叔阿姨哥哥姐姐们在排他自己创作的眉胡现代剧《樱桃红了》，因为没有经费，所以推动起来就特别难。我给红孩老师打电话，把这个情况跟他讲了一遍。红孩老师说："这是一个很好的素材，你赶快飞回三原去做一次深入采访，回来后要写一篇文章替基层剧团呼吁一下哦。"听了他的建议，我立刻买机票回到家乡。我让老爸把主创人员召集在一起进行了热烈的交流和恳谈。我将感人的细节、感人的事迹做了详细的笔记。回到北京，我便开始认真写稿，经过十几遍的修改，最后交付红孩老师审阅。第二天他打电话给我说；"这篇文章进步明显很大，又提高了一个层次。这次完成得很好，不用再改了。"

《我的戏痴老爸老妈》发表后，真的受到了不少的赞扬。感谢大家关心我支持我！我的内心真的很澎湃！真的好激动啊！你说，遇到如此良师益友，哪能让我不感恩呢！

我的博导可不止我一个学生哦，他的红粉可是很多的哦。

因为他是一个善良又很乐于助人的人，所以人缘极其好。他具有很强的凝聚力，时常把大家联络在一起讨论各种话题。他也非常热爱艺术，在他的倡导下，小橘灯艺术团终于成立了。我荣幸地被任命为小橘灯艺术团的首位团长。这是多么大的信任，多么大的荣誉啊！感谢博导！

2017 年 9 月，我的散文《我的戏痴老爸老妈》获得了“中国梦·劳动美”全国职工散文大赛一等奖。站在领奖台上，我的内心激动不已。望着红孩老师，我都不知用什么语言来表达我内心的感激了。啥都不说了，我就用认真写作来回报你吧。

博导有时还很淘气，喜欢开玩笑，还喜欢制造一些个小闹剧。和他在一起，现场气氛总是很热闹滴。博导很热情，但凡作者从外地来，他都会亲切地接待，绝不怠慢。博导有魅力，红粉们常常围绕在他的身边不离不弃。博导很善良，时常会有一些善举，去帮助一些需要帮助的人群。

说实话，有了这样一个亦师亦友的博导，你想不进步是万万不可能的。

2018 年 1 月 16 日

我和小镇有个约会

从馆陶采风回北京已经几天了，那一幅幅美丽乡村画卷却常常浮现在我的脑海里。最让我难忘的就是小镇那些美丽的姑娘们。尤其是那个叫亚超的姑娘。她是个美丽优雅，端庄大气并且很有涵养的姑娘，那日初识，我便喜欢上了她这热情、质朴的性格。低调的她为我们这些来自各地的几十名采风人员忙前忙后。晚餐时，她还是在我们这桌老师的再三邀请下才静静地坐在我的身边。我仔细打量着眼前这个姑娘。她瓜子脸，皮肤白皙，五官精致，微笑中透着一种潜在的魅力。我心想：馆陶的服务员素质真高呀，不但人长得漂亮，做事竟是那么懂分寸。真心不错！

回到宾馆，偶然发现桌子上摆着的这本书《我在小镇等着你》，仔细一看，原来是亚超的散文集，而且还是中英文双体哪。哇塞——才女啊！难怪有一种与众不同的气质呢！

原来亚超不但是当地小有名气的散文作家，还是馆陶县美丽工程办公室的主任呢。

第二天，我们的采风活动，美丽的小镇之旅开始了，亚超也是陪同我们参观的当地领导之一。参观了黄瓜小镇之后，几十人的采风大队如游龙般地来到了这被誉为“中国十大美丽乡镇”的粮画小镇。

走进粮画小镇，就如同走进画的世界，村中的墙壁上到处是绘画着充满乡土气息的农家画，处处悬挂着富有艺术感的“粮食画”，家家院院充盈着别样的农家风情，浓郁的、淡淡的艺术情调充盈在街巷的每个角落。我被眼前这个美丽的小村子吸引住了。

这次采风，真的收获很大。我不仅被粮画小镇这美丽的乡村文化深深吸引，更是从村里一个个风格各异的特色小店，以及小店的经营者——那些美丽的姑娘身上看到了别样的情、别样的美，她们将自己的青春和热情全部付与这别样的粮画小镇。

粮画西施师献巧

这个将近几百平方米的展厅分为了两部分。一部分用于粮食画作品展示，可以欣赏到用五谷杂粮制作的栩栩如生的粮食画；另一部分用于展示粮食画制作的工艺，让参观者亲身体验粮食画这门艺术的精致之处。在亚超的引领下我走近了粮画姑娘师献巧。

师献巧今年30岁，老公在北京打工，家中带着两个孩子和一个病残的婆婆，师献巧爱好粮食画，创办了自己的粮画工作室并管理着6亩苹果园。

随着寿东美丽乡村的建设，各地游客越来越多，她先是在粮食画的基础上，创办了儿童粮食画体验馆，让来寿东旅游的儿童们享受粮食画创作的乐趣。

一幅幅充满童趣的粮食画，给人一种天真幼稚的美，随机自然的美，让孩子从小感悟到大自然带来的五彩纷呈，感悟到种子那种生命的力量，粮食像人类一样，也会一代一代地传承。

鱼蛋丸西施

街头卖鱼蛋丸的小木屋吸引住了我的目光，我好奇的是粤人的食物竟在河北这个边远的乡村里扎根还竟然没有违和感。这时，亚超走到木屋窗口，买了一份鱼蛋丸递给我说："姐，尝一尝吧，很好吃的。"我一边享受着美味，一边听亚超将这鱼蛋丸美女老板庞雅尹的故事娓娓道来。

庞雅尹，广东茂名化州人，高中毕业后曾在深圳工作，从事过电子口岸报关、人力资源管理等工作。在工作中结识了来自河北邯郸馆陶的老公，2011 年结婚，后来便有了两个人的爱情结晶——可爱的儿子。

庞雅尹是一个长相清秀，聪明能干的城市白领，工作中也集积了很多的人脉。一个偶然的机会，让庞雅尹做出一个大胆的选择，放弃了深圳特区的事业，一个人带着孩子回到了她的婆家——邯郸馆陶。

带着孩子回北方婆家探亲的庞雅尹看到了寿东粮画小镇的建设，感受到了乡村旅游带来的新的商机，参观了粮画小镇后，有着强烈市场意识的庞雅尹觉得现在的村庄变化太大了，而且处处是商机。当时就觉得留下来发展也许是不错的选择，后来就真的走上了回乡创业的这条路。

真的好佩服这位鱼蛋丸美女，在你坚定的眼神里让我感受到了满满的正能量。

咖啡西施

咖啡屋就坐落在寿东村内，由三间废弃的旧房改造而成。门前铺设了木地板，废弃的石槽改成了洗手池，屋顶上的苇席清晰可见，古朴自然。这样的咖啡屋在以传统农耕为主的冀南平原的农村并不多见。

亚超正招呼我在门口落座，这时，只见咖啡屋里走出一位美女。她身材高挑，皮肤白皙。如玫瑰花瓣般娇艳的脸上，一双水汪汪、深幽幽，如梦幻般清纯的大眼睛。她穿着一身素雅的衣服，还系着带着咖啡字样儿的围裙和套袖。一眼望去，气质非凡。哇，一道靓丽的色彩！哇塞，小镇竟有如此雅致的美女？什么样的动力让她从繁华的城市来到乡村呢？

美女热情地迎了上来，原来与亚超竟是好闺蜜啊。她招呼我们进屋落座。一边儿端上她亲手制作的精致的小甜点让我品尝，一边在柜台上亲自打磨现煮浓香的咖啡。一会儿，咖啡的香味儿弥漫了整个小屋，丝丝香味飘过窗外，竟引了周老师和几位老师都来到了这里。真是闻香止步啊！

咖啡屋小小的，却很有味道。窗台摆放着许多书，背包客小鹏的《背包十年》、贾平凹的《浮躁》、三毛的《万水千山走遍》，等等，泛黄的纸张散发出时光的味道。

我们大家品尝着香味儿纯正的咖啡，一边听亚超柔声细语地述说着美女老板的经历。

她叫林珊珊，第一次来寿东，便被这个美丽的小村子惊艳到了，平整的道路、整齐的街道、齐全方便的生活设施，完全被它吸引住了，

她喜欢这样简单淳朴又不失风情的环境！她渴望有个属于自己的咖啡屋；当她决定留下来，经营这家咖啡屋时，就像一个初恋的少女，爱上了这个美丽的小镇。

珊珊的经营理念：既然做就要做到最好、做到最精。

她选用精选优质的意大利原装进口咖啡豆，哪怕一杯奶茶，原料她都会亲自调试，选用优质品牌，出品的每一款饮品都会保质保量。

一杯香醇浓郁的咖啡，一首轻松惬意的音乐，一块甜蜜人心的蛋糕，一颗闲适宁静的心。在一片静好中，享受惬意的时光。在这安静的时光里，感受乡村的美丽。这就是粮画小镇带给人们独一无二的感受。

我被这个姑娘吸引了，犹如寿东当年吸引住了她。

凉皮西施

在美丽的寿东粮画小镇，还有一位凉皮美女殷林静。她是在村里组织下考察了陕西袁家村，看到很多人排着队买吃的……上前一看原来是在卖凉皮，一个凉皮有这么大的吸引力？带着好奇，她便也排队买来一份品尝。凉皮的美味瞬间激荡了她的味蕾。对！我就在寿东开一个这样的店。这不，陕西风味的寿东凉皮店就这样红火起来了。

豆腐西施

寿东社区有一个独特的农家小院，小院大门口有一幅很吸引人眼球的布招子——刘根豆腐坊。

老板刘翠不仅人长得漂亮、心灵也美，最主要的还是做的豆腐好吃，故而有豆腐西施的美称，她的豆腐坊是与粮画小镇共同成长起来的，粮画小镇的发展使得她的豆腐香飘万里。

西安食街

走进这条西安食街让我感到特别亲切，走进大门我便操着一口陕西话跟乡党们打起了招呼。这时，店里的几位摊主围拢上来，蹲在椅子上我们便拉起了家常。原来是寿东村派人到陕西礼泉袁家村学习后引进了马社社团队的 12 种乡村美食来到寿东。在这里，游客们不仅能在小镇游览风光，更能品尝到正宗陕西美食带来的舌尖上的体验，美食包括羊肉泡馍、腊汁肉夹馍、西安凉皮、大肉臊子面、西安老酸奶、西安麻花、羊血粉丝汤、蘸水面、油泼扯面、酸辣粉、石子馍等多种正宗西安美食。走进小院犹如回到了家乡，满满的乡土乡情让我倍感亲切！

不知不觉，夜幕降临……

该离开了，我恋恋不舍地回望这个美丽的小镇，意犹未尽啊！我拉着亚超的手说："我还想再来寿东，再探访这些可爱的姑娘们。算是我和小镇有个约会吧。"

2017 年 4 月 13 日

又见“西译”

初识丁祖诒先生是在中国现代文学馆。

那是2007年3月31日，由中国现代文学馆、中国报告文学学会、中国散文学会联合主办的《丁祖诒文集》首发暨研讨会在北京隆重举行。受邀请，我也加入了这次研讨会的策划和组织行列。

时任中国文联副主席李瑛，中国作家协会副主席邓友梅、张锲，全国政协文教卫委员会副主任王巨才，全国政协委员、中国博物馆学会会长舒乙，中国作家协会党组成员、书记处书记张胜友等出席，阎纲、周明、何西来、雷抒雁等众多陕西籍的评论家、作家以及多家媒体也悉数到场。同时，李瑛、邓友梅为文集首发揭幕，中国现代文学馆常务副馆长李荣胜代表中国现代文学馆接受了丁祖诒的签名赠书，该书已被中国现代文学馆馆藏。

《丁祖怡文集》的出版填补了我国教育特别是民办高等教育理论发展史上的空白，可谓是中国教育史上一部破天荒的经典文献，也是一部引领中国民办高教发展航向的不可多得的巨著，是成功的民办高教理论与实践完美结合的经典之作，也是中国高等教育，特别是民办高等教育理论与实践宝库中的一颗璀璨的明珠。

会议后，陕西日报社文艺部主任张立先生电话里与我谈起丁院长想请中国名人走进西译的想法，下午我便乘飞机回西安，第二天便在丁院长那朴素的、集办公生活于一体的办公室里敲定了此事。

就这样，2007 年 6 月 9 号由我担任外联部主任的中国艺术研究院《艺术评论》杂志社、世界华人华侨总会文化发展委员会、中国报告文学学会、中国散文学会联合主办的“中国名家走进西译暨西译论坛”大型采风活动便顺利起航了！

九届全国政协委员、中国作家协会名誉副主席邓友梅，全国政协委员、全国政协文教委员会副主任王巨才，中国作协副主席陈忠实，中国作家协会党组成员、书记处书记张胜友，中国诗词学会常务副会长、中国作家协会原党组成员、《文艺报》原总编辑郑伯农，中国艺术研究院副院长刘茜，中国散文学会常务副会长、中国报告文学学会常务副会长周明，中国报告文学学会常务副会长、《人民文学》原主编程树榛，中国社会科学院文学研究所研究员何西来，中国散文学会副会长、《人民日报》文艺部原副主任石英，中国报告文学学会副会长、解放军艺术学院原副院长袁厚春，中国艺术研究院《艺术评论》杂志社主编赵春强，中国报告文学学会副会长兼秘书长傅溪鹏，中国报告文学学会副会长李炳银，中国作家出版社副社长石湾，《中国艺术报》总编辑、评论家李树声，鲁迅文学院副院长、中国报告文学学会副秘书长白描，中国小说学会副会长李星等诸多大家汇集西译，整个校园顿时沸腾了！

作为主人，作为这个大家庭的家长、丁祖诒院长亲自陪同来宾参观校园。他如数家珍地向我们介绍着他的这个大家庭和他家庭里孩子们取得的优异成绩……

西译就丁院长个人来说，走了一条非常艰难的办学的路。中国民办教育在很艰难的环境当中曲折前进，这个前进的潮流之中，有成功者，也有落荒者，不是所有人都坚持到现在。坚持到现在不止是丁祖诒西安翻译学院一家，但在这当中佼佼者这个荣誉应当归西译。不仅它的规模在全国民办高校中是人数最多的一个，而且它的掌舵人有一整套的办学思路。他不愧是一个杰出的教育家，他的创业史不禁令人折服！

名家们热情洋溢地盛赞了西安翻译学院的辉煌成绩，表示西译的成功几乎让所有来宾感到震惊和振奋！并为西译未来的更好的发展建言献策！

短短几天的西译行，在我脑海里留下了不可磨灭的印象。

2012 年 3 月 12 日丁祖诒教授不幸在西安逝世。惊闻噩耗，心情无比沉痛！当时因工作原因，无法赶回西安悼念，我们中国艺术研究院《艺术评论》杂志社发去唁电，对丁祖诒先生的逝世表示深切哀悼。

时间过得真快呀！转眼已过三年。

带着对丁祖怡先生的怀念之情，我们再次走进了西译。斯人已去，倍感痛心！但我们欣喜地看到今天的西译在丁晶董事长及其团队的共同努力下，继续前行，取得了更多新的成就。

如今的西译已经成为陕西民办教育事业的一张亮丽的名片。它们正朝着东方的“哈佛”迈进！我衷心地祝愿西译的明天会更加美好！

2015 年 4 月 20 日

想念鱼生

好多年了，我心里一直思念着一种食品——鱼生。但凡脑子里出现这个名词，那种渴望的感觉就会油然而生。自打品尝过一次之后，从此便在我的脑海里挥之不去。可是，后来再也没有见过这种小菜。即便是托人购买，也未能如愿以偿。

我常常与友人谈起这些个小事儿，闹得他们也开始幻想，鱼生到底是种什么样的东西，有多么好吃？老佩怎么提起它就垂涎欲滴呢？

鱼生，大家通常会理解为生鱼刺身。其实不然，它是在海里生长的鲜带鱼仔仔。海边的渔民在打捞过程中经过挑拣淘汰下来的小海货。经过腌制后，作为一种小菜来拌着米饭吃的。

第一次吃到鱼生，是受到临海宣传部姜部长的邀请去临海采风的时候。

记得那是五年前的五月初，我是同我的好朋友导演赵立军和北京一个文化公司的张总以及他的助理一行五人到达临海的。我们当时是因为与临海宣传部一起合作一部关于临海的电视剧前去做前期采风的。

临海风景秀丽，历史悠久，而且有许多名胜古迹，有古长城、巾山古塔、东湖……

当然，在海边品尝海鲜那是令我最开心的事儿了。现捞的海鲜口感实在太好了！新鲜的活带鱼美味无比。大家开心极了，一个个吃得津津有味。这时，旁边鱼民食用的一小碟类似豆腐乳咸菜一样的东西引起我的注意。一大碗米饭就配那么一小碟菜品，而且吃得那么的香，真好奇！我得尝尝！哇塞，这小带鱼的味道儿着实太鲜香，太美味了。是一种与众不同的令人留恋的味道……。

多少年过去了，鱼生的鲜香味儿常常萦绕在我的心里……但凡去到海边城市，我便会给接待方提出想吃鱼生的夙愿。但是，不知对方理解有误，还是别的原因，待到上桌用餐之时，鱼生便被一大盘品相漂亮的刺身拼盘代替了。哎，还是想念鱼生啊！

十一月份，我应朋友的邀请去到了温州，走进了美丽的洞头列岛。东道主王先生是一个的内蒙古籍温州人。他热情豪放，风趣幽默。在他的精心引领和细致描述下，我们开启了快乐的旅程。一望无际的大海令我心旷神怡，印象最深刻当数神州海上第一屏。半屏山，半屏山，一半在大陆，一半在台湾。

来到了雁荡山，瞬间被这满山弥漫着的浓浓的桂花香味儿拥抱其中。真所谓，奇石奇峰，一步一景，植被铺盖，重峦叠嶂，花香满溢，沁心沁脾……

到山下的饭馆吃饭，我又念叨起了鱼生。便打趣说：“哪家有鱼生，我们就在哪家用餐吧。”拉客源的当地人不假思索地说：“我们家有，跟我来吧。”这家饭馆的山货和蔬菜倒也可口，只是吃到最后也没有看到鱼生的影子。

王先生看我有点失望，便安慰我说：“我打电话让朋友去街上菜市场去找，晚饭的时候一定让你吃到鱼生。”听罢，我更加期待晚宴了。

哇塞，这满满的的一大桌美食实在太诱人了！超级海鲜大餐啊！王先生将一盘精致的菜品转到我的面前说：“朱老师，你尝尝这个，这叫蟹生，看看是不是比你想吃的鱼生味道儿更美。说实话，鱼生是有，但腥味儿太大，实在不好意思上桌招待您啊！”我尝了蟹生，果然味道儿鲜美。但是，我还是想念鱼生。

前一阵子偶尔上网，竟意外地发现了淘宝上有卖鱼生。太开心了！我立刻下单拍下了最贵最好的十瓶。鱼生到家，我迫不及待地打开一瓶赶紧享用……一股又腥又咸的味道直接齁住了我的嗓子眼。天哪！难道我长期以来思念的就是这个味道吗？怎么与以前大不相同呢？

细细一想，记忆里的鱼生是由大海边新鲜的小带鱼加工而成，味道儿肯定是非常鲜香。而网上购买的鱼生首先是不新鲜，加之需要长期存储必然要添加防腐剂，味道儿自然不会如当初那般可口了。此时，我更加思念那海边的鱼生了，也怀念着在临海那美丽的景色和那段美好的时光吧。

2017 年 11 月 5 日

空降物业做副总

空降物业公司当副总是在2002年夏日的一天，那是我刚刚离开家乡，来到北京创业的时候。因为老板是我的监护人的学生，为了老师的面子所以赐予我了一个体面的身份。

记得那天我起来得很早，带着一份好奇，来到了这个先前根本不了解的物业业务的公司。本想素雅的装容，漂亮的服装是对新公司同仁的尊重，可事实并不如我想象。只见空旷的大厅被几十个小隔断分开，员工们都在自己那不到两平方米的空格里伏案工作。对于我这个新副总的到来他们非但不感兴趣，还有几个女孩用不屑的眼神盯我一眼，然后交头接耳，窃窃私语。办完入职手续，办公室的郭主任把我引到了最后面靠着窗子的那个小隔断，说："这就是你的工位，先看一下公司章程，熟悉一下业务，有事情我会通知你的。"说罢，便扬着头，扭着屁股走了。看着她这冷漠的态度，我的心里好生失落。再看看这个小得不足二平方米的方格，还真感到有些个小委屈。这，这这就是我这个副总办公的地界？主任都有独立小房间呀！这是为什么呀？我这是来当副总的吗？瞧这架势，压根她们就瞧不起我嘛！

午饭时间到了，办公室的人儿三三两两地相伴着去食堂用餐，我一个人坐在椅子上心里好压抑。这时候，从前面走过来一个女孩对我说：“你也陕西的吧？咱俩是老乡。我姓白，白菜的白，拂晓的晓，芹菜的芹。”她那既幽默又热情的自我介绍给我留下深刻的印象，至今都印在我的记忆里。白晓芹，这个朴实聪慧的老乡从此与我结下了深厚的友谊，也是我在物业公司的唯一精神支柱。噢，言归正传，还是先谈公司那些个事儿吧。

第二天，郭主任（后被我称郭大妈，实际我比她大好多岁呢）抱着一摞资料摆在我面前：“朱总，请您看完这些后在电脑上做些修改，然后发到我的邮箱。”嗡！瞬间，我的脑袋都大了！面前这个被称为电脑的家伙我家虽早早赶潮流购置过两台，但只是摆设而已，我从来没打开过，更别说什么修改文档，发什么邮件了！尴尬呀！我该如何处理呀？我六神无主，左顾右盼，谁能帮我解决这眼下的难题呢？转身望去，右面正低头工作的刚入职的小露露引起我的注意，我悄悄地挪动坐椅到她身边，从衣袋里掏出一管口红塞到她的手中，低声说：“你好！不好意思，我不大会操作电脑，能不能麻烦你帮我处理一下文件？”她望了望大厅，然后悄悄地说：“别言语，我帮你做吧。”我松了口气，这第一个难题总算是迈过了。这样的事情经历了两三次后，郭主任似乎发现了端倪，这次她竟带着资料坐在我面前说：“朱总，这个表要急用，我就在这等你安排完后拿走吧。”我顿时傻眼了！无奈地看着她，这下真真是凭神仙也帮不了我了。

事情败露后的第二天，郭大妈指挥着一位男同事将一个小方桶机器摆在我眼前，然后用藐视的目光看着我说："朱总，既然你连电脑都不会操作，还真不知道给你汇报些什么工作了。对了，碎纸你不需要什么技巧，插进缝隙里就成，这个应该没有难度吧？"这通话臊得我真是无法抬头了，我被羞辱得咬紧嘴唇，泪水止不住地流淌着。

小白走到我的身边，递了一块纸巾给我："别哭，坚强点。你越脆弱她就更张狂。借着她家有点背景，就常常欺负别人。就是看不惯她！"小白真仗义，她不会像别人那样孤立我、排斥我。真是雪中送炭，暖心啊！通过这件事情，我也深深地意识到自己真得加强学习了，没有真本事在哪也立不住脚，就是给你个好位置自己也扶不住啊。于是，我暗下决心，一定下功夫学习电脑知识。功夫不负有心人，一个月后，我终于掌握了基本的五笔打字和办公软件操作。但是，我在公司的处境还是没有明显的改变。

遭白眼的工作一干就是半年，转眼已到冬季。

"同事们集中一下，有新通知。"物业的总经理王总终于出现在我们办公室了。"北京市房地产企业歌咏比赛将在人民大会堂举行，我们物业公司也要参加，朱佩君，这方面是你的强项，你赶快准备一下，先去把歌曲《相亲相爱一家人》的碟盘及伴奏带买回来，然后组织大家排练。"听罢王总的安排，我激动不已，实在太开心了，终于有了我施展才华的机会了。

我迫不及待地将这好消息告诉给我的监护人周明老师，得到消息，他也非常开心，嘱咐我一定要把这项任务完成好。紧接着，我就冒着大雪，挨街挨巷，跑遍朝阳区的大大小小的音像店，终于在朝阳区女人街附近，搜寻到这盘《相亲相爱一家人》的歌曲。我兴冲冲地回到公司，把辛辛苦苦买来的碟盘交给了郭大妈。接下来，我就满心欢喜地期待着排练开始。到了下午，只见郭大妈手里捧着个文件夹，扭着屁股走进了办公室："大家集中一下，我来宣布一下参加大合唱的人员。"一脸严肃地宣布了参加演唱的名单。大家随着郭大妈的点名一个个到前面站队，眼瞅着身边的同事都已站在前排，唯独我一人没被点名。我猜想，她是不是念名单时疏忽掉了？这时，她笑着对我说："总公司对这次演出很重视，这两天大家都会集中排练，办公室的事你就多操心了。"她笑得真虚伪，她的心里好得意啊！那一刻，如雷轰顶般的打击直接让我崩溃了！我禁不住失声大哭起来……

我是顽强的小草，我是朱坚强！我不会倒下的！

时间过得真快，第二年初夏，便是地产项目交付时节，物业验楼正式开始了。同事们都被安排到一些贴标签、分钥匙、建档案等一些基本工作中。唯独我被安排同保洁工人一起打扫卫生，验收房屋。我一个人要负责完成整个三个单元的交验。一梯六户，共二十八层，要在两天内完成。精装修的房子，要精心验收，不能出错。一双白手套，我要戴上它从一楼擦起，马桶冲水正常否，柜子安装合适否，门锁能不能打开，等等……不说别的，就说这门锁，最小的户型二居室最少也得四个门，如果四房两厅两卫呢？你想想，光就门这一项我得验多久啊？其间还不时地有业主来看房，三天两夜的大干，白天还得多费口舌与业主沟通，每顿饭都是由公司发给六个包子两个桃子一瓶矿泉水。午间休息时，楼盘下面的地面稍有平坦点的都横七竖八地躺满了从外面临时调来的保洁工人，公司的人们都挤在临时的办公室在空调下享受片刻的幸福。我汗流浃背地独自徘徊于院中，也不知到何处歇脚。当听到办公室里传来一阵阵的嬉笑怒骂声，我的心酸酸的，也真不知道怎样才能融入其中。在炎热的阳光下，穿梭于正在基建的土堆之中，自己灰头土脸，两脚是泥。丝袜轻轻掸一下就尘土轻扬。骄阳似火，烤得我头皮“吱吱”地响。说实话，当时的形象真的好狼狈啊。怕耽误验工，我晚上都没敢回家，在工地加班工作。当时周老师得知情况后真的很同情我，晚上带着助理老王悄悄地到工地给我送吃的。当他看到这眼前的这么高的楼房，而我一人要验这么多房子时简直都不敢相信。他说：“今晚我和老王一起帮你干活，你在这里先休息一下，别把自己累病了。他们咋能这么欺负人呢。”我连忙说：“谢谢您！真的不用帮我，我自己会完成的。”怕稍有疏漏前功尽弃，我婉言拒绝了他们的帮助。就这样，一个人咬紧牙关地苦干，到了后半夜，我已筋疲力尽，实在累得干不动了！月光下，尚未建成的凉亭便是我的栖身之地。我半靠在木柱上，腿脚搭在窄长的条椅上做片刻的休息……

验楼过程中，业主的刁难是常常遇到的问题。这是在十八楼，业主环顾四周，检查得非常仔细，每一个边边角角都不会疏忽。当他发现厨房有一个抽屉关不上便顿时发飙，冲我高喊。我看他头冒汗珠，嗓音嘶哑。便赔着笑脸对他说：“天气热，您别生气，我们会马上派人修理的。您渴了吧，我到楼下去给您端水去。”说罢，我立即下楼去到办公室取来矿泉水。可真是不凑巧啊！偏偏在这时候电梯突然停电，我只能顺着楼梯爬上十八层，业主被眼前这气喘吁吁的、向他递去矿泉水的我打动了，态度瞬间也平和了许多，他对我说："你这孩子真实诚，就冲你这么好的态度，我啥话也不说了。"

第三日，业主入住仪式正式开始了。大干两天两夜已筋疲力尽的我又被分到了最让物业人员头疼的回访组。我昏昏沉沉地坐在回访桌后面，接受着一拨一拨业主的投诉。埋怨声、吵闹声此起彼伏，震耳欲聋。谁承想，过度的疲惫竟导致我耳朵失聪。眼前只能看到一大堆业主们拥挤在面前张大嘴巴，表情气势汹汹非常激动，竟然听不到一点声音。我的头部剧烈疼痛，一阵眩晕，最终导致我晕倒在了办公桌上。腰间手机不停地震动终于把我唤醒，赶忙接起，是周老师打来的："佩君，我和你爸妈一起到工地来接你，快准备一下出来吧。"这个来电犹如雪中送炭，顿时让我看到了希望。此时也顾不了许多，欣喜若狂的我急忙拎起自己的包包就向外面奔去。不料，双腿疲惫被前面的土沟绊倒在地，我挣扎着爬到小土坡上向远方眺望，视线里一个车影儿渐渐靠近，车子里，周老师和爸妈的脸愈加清晰……哇，黑色大奔驰，是来接我哒。我顿时觉得幸福满溢，热泪禁不住地哗哗流淌，干枯的地面瞬间被泪水打湿了一大片……

时光荏苒，转眼十多年就这么过去了，如今回想起来，还真的很感谢那段时光，它教会了我许多技能，磨炼了我的意志，使我变得更加坚强。

经历就是财富啊！

2015 年 1 月 11 日

巴黎米兰掠影

去法国旅游，是我多年以来的梦想。机缘巧合，今年的6月20日，受朋友邀约，我们开启了愉快的旅程，飞行11个小时后，我们来到这座浪漫之都——法国巴黎。

法国历史悠久，景致很多，卢浮宫、巴黎圣母院、埃菲尔铁塔、塞纳河、香榭丽舍大道，等等……诸多名人大家已用很多游记美文去描述过这个时尚之都、浪漫之都。我没有更多的语言去赞美它，只是把自己的随行日记整理一下，也就是给自己留个念想罢了。

6月21日上午，听从导游小贺的安排，我首先来到了位于巴黎北部的蒙马特高地的至高点圣心大教堂。圣心大教堂是巴黎著名的地标之一，这里供奉着耶稣的圣心。白色的圣心大教堂风格奇特，既像罗马式，又像拜占庭式，兼取罗马建筑的表现手法，洁白的大圆顶颇具东方情调。

教堂前的广场视野广阔，可以登上教堂的大圆顶。如果从埃菲尔铁塔上看到的是辉煌的巴黎，那么从蒙马特高地俯视的则是一个真实的巴黎。教堂里面虽然也有不少的游客，但是大家都保持静默，很宁静的氛围。我们在教堂外的台阶上一坐就是差不多半小时，很享受在教堂里面静坐的感觉，特别是在如此美、又如此特别的教堂里。

这一座在蒙马特高地上的外观和内里都较之于一般教堂很不同的教堂，巧夺天工的石雕艺术确实给了我惊喜！

来到巴黎圣母院时已是下午，夕阳把这座雄伟精湛的建筑照得金碧辉煌，尤其是那雕刻得无比精美的图案，一下就让我找到了感觉，这才是我心中的巴黎！由于我们到的时候有些晚了，不再放人进入，我们只能遗憾地在门前徘徊。也好，教堂对面有着阶梯式的坐台，好多人都坐在那里休憩与欣赏，于是我们也有了片刻的停留，也让我开始对它细细地端详与品味。

巴黎圣母院大教堂是一座位于法国巴黎市中心、西堤岛上的教堂建筑，也是天主教巴黎总教区的主教座堂。圣母院属哥特式建筑，是法兰西岛地区的哥特式教堂群里面，非常具有关键代表意义的一座。始建于1163年，是巴黎大主教莫里斯·德·苏利决定兴建的，整座教堂在1345年全部建成，历时180多年。

6月22日，埃菲尔铁塔下，塞纳河边，我骑上了旋转木马，弥补了儿时的遗憾。

此刻巴黎的天气灼热得令人头晕，卢浮宫前先拍个照片，然后进入学习参观，与大师们近距离接触，感受异国之艺术魅力是我真正的灵魂享受。

晚间在浪漫的游船上夜游赛纳河，实在是太棒了！

6月23日，我怀着愉快的心情，在巴黎里昂火车站乘坐小火车前往法国南部普罗旺斯。

这里天气热得很，晒得皮肤又黑又痛，我们租住在当地法国人的森林小木屋里，没有空调，只有小风扇。据说这里很少有这么热，三百年不遇的热流竟被我们中彩赶上了。所幸这里的景致特别美，非常干净。绿色如新，小镇如画。空气虽热但夹带着淡淡的清香……美女孕妇小贺带我们去超市买了很多蔬菜海鲜等食材，我的老佩私家菜也隆重登场了，在法国享受中式大餐，简直开心极了。

今天是 24 号，计划去薰衣草花海和其他几个景点玩耍，这一路美景浪漫梦幻，处处充满惊喜。听说北京雨很大，天气异常，国内的朋友多多保重哦!

吃完早餐，我们便开启了自驾旅游模式。沿路风景美不胜收，大约二十分钟后，神奇的石头城出现眼前。美景如画，小镇整洁清静，鲜见车辆人群，处处令人舒心。塞南克修道院大家看照片会比较眼熟，好多摄影和油画作品会以此取景。遗憾的是实景的薰衣草并没作品中看起来那么一望无际。

石头城被称为法国最美的小村庄之一，深邃的小路蜿蜒至山城中的小民房之中，这座经历历史与传奇洗礼的小镇，已经在此屹立了千年。石头城的建筑以干燥的岩石建成，在石头城周围的山谷中，坐落着著名的塞南克修道院。

石头城同样以城中心的华美的小城堡而出名，小城堡见证了小镇丰富的历史和饱经战乱的苦难。石头城是一个高卢罗马时期就已建成的小部落的古罗马城堡，石头城在高卢罗马时期，是高卢最早的行政区卡瓦永城的主要城堡。在中世纪保护着他们的家园和传统的生活，也因此同样维护着普罗旺斯地区的传统。哥德式村是当今世界的文化遗产，沿着山城的青石小路，随处可见典型的南法小景。坐在依山而建的小酒馆，品一杯当地自产的红葡萄酒，浓厚的葡萄酒的芬芳，伴随着山城中的点点小景，远望着山下壮丽而秀美的普罗旺斯风光。远离大城市车水马龙的喧嚣，这种悠闲而惬意的感觉，只有在这写意的普罗旺斯小镇才能体会到，怪不得就连法国的前总统密特朗也甘愿在此隐居。漫步于城中心，您是否会对城中的某些角落感到亲切而熟悉。没错，这里是电影《美好的一年》的拍摄地。剧中美丽的女主角芳妮曾是这里的小酒吧的女老板。在这里，她与麦克斯在此美丽的邂逅，使得麦克斯心生爱意，决定从此定居在普罗旺斯，开始他新的人生。今天的 GORDES 还有另外一个美丽的名字，天空之城，不同于宫崎骏的天空之城，戈尔德的天空之城的名字的由来，源于它高悬的村落。远远看去，仿佛这座山中的城堡，高高地插入空中，与天空浑然一体。如此美景，令人叹奇。真是不虚此行啊！

石头城堡咖啡屋悬空而建，坐在这儿喝杯果汁，享受微风的吹拂，真的好爽！

6 月 25 日，加尔桥位于法国南部加尔省，是一座三层的石头拱形桥。它是罗马帝国时期修建的高空引水渡槽。加尔桥跨越那尔河，将水引至尼姆，再分至公共澡堂、喷泉和私人住宅。它曾为罗马人文明和卫生的生活条件做出了重要贡献。

韦尔东大峡谷，位于法国南部的普罗旺斯地区，介于阿尔卑斯南部地区（Alpes du Sud）与普罗旺斯内陆地区（Provence intérieure）之间。是世界上最深峡谷之一，有欧洲大峡谷之称。

整个普罗旺斯地区因极富变化而拥有不同寻常的魅力——

天气阴晴不定，时而暖风和煦，时而海风狂野，地势跌宕起伏，平原广阔，峰岭险峻，寂寞的峡谷、苍凉的古堡、蜿蜒的山脉和活泼的都会，全都在这片法国的大地上演绎出万种风情。

普罗旺斯最令人心旷神怡的是，它的空气中总是充满了薰衣草、百里香、松树等的香气。其中薰衣草香最为独特。

普罗旺斯，薰衣草的故乡。以前当朋友们提到法国的普罗旺斯地区，在我脑海里第一个出现的便会是代表甜美爱情的薰衣草。此时我脚踏在普罗旺斯绿化带的道路上，尽入眼帘的是一望无际随风摇曳的紫色薰衣草，一缕缕香气随风飘来，紫色薰衣草夹带着快乐和愉悦一并向我袭来。步入薰衣草花海，我好似步入了梦幻的仙境，紫色的纱幔随着阳光飘动，是那么静谧安然。啊！我陶醉了！

离开薰衣草庄园前往红土城途经 Murs 小镇，我们便决定在此小憩一下。这个小镇静谧而美丽，很有特色哦。

普罗旺斯红土城鲁西永（Roussillon）——欧洲最美小镇。传说中领主年轻美丽的妻子爱上了游吟诗人，心胸狭窄的领主为了报复，残忍地将诗人杀害，深爱诗人的妻子不愿在失去爱人后独自偷生，纵身跳下悬崖，殉情而死，鲜血染红了鲁西永。从此，这片土地就一直呈现出深深的红色。而这染着血的浪漫红土地变成了吕贝隆山区最独特的风景。

红土城中布置精致的小店，各有特色，我迫不及待地买下两条花裙子，在小镇街道中走走停停，尽情摆拍。夏日的阳光下，呼吸着醉人的普罗旺斯气息，真的好悠闲，好惬意啊！

6 月 26 日，刚刚进入阿维尼翁小镇，租来的车子便蹭在了马路牙子上，小贺去修车胎，我们便成了自由行模式。

阿维尼翁的城墙建于公元 14 世纪，总长 5000 米的城墙完好无缺，城垛、城塔和城门一如旧观。我坐在阿维尼翁城墙内的咖啡馆小憩，享受一杯纯正浓香的法式咖啡。

阿维尼翁城虽小，但中心却坐落于一幢门面很大的古朴精美的建筑中，欧式传统古典民居朴素典雅，微风轻拂脸庞，空气中弥漫着淡淡的花香，置身于此，心旷神怡。此时天空落下丝丝细雨，轻轻飘落我的肩头，细雨润泽心态，使人思绪万千，雨点敲打古街，使人情不自禁地向古街深处望去，望去……心随眼神向古街深处蔓延，雨中的街区更添静谧浪漫之感。

哈哈，虽说语言不通，我还是独自完成了咖啡屋、服装店点单买单的项目。真是服了懒惰的法国人，到了午休时间多一分钟都不愿与顾客交流，大有买不买无所谓的拽劲。由于小贺在修车厂处理事情，为赶三点回巴黎的火车，老佩竟操着半搭不懂的英文，夹杂着刚刚学会的一两句稀里糊涂的法语，竟沿街问路，自己从古街徒步走到火车站。

6 月 27 日我们要乘下午的班机去往意大利米兰。由于白天还有富余时间，小贺便带着我来到了繁华的香榭丽舍大街，光顾华伦天奴总店，真是好货竞艳，令我目不暇接啊……再看这 BV、普拉达、香奈儿、迪奥……一水儿的当下最新款，不多收几件都对不起我这购物狂的名号。冷静，冷静！想一想我这瘦瘦的钱袋子，还是收敛点吧！还得过日子呢！话虽这么说，但还是没抵得住诱惑，入手了几件呢。此时，天空降下了绵绵雨丝，怕愈下愈大，我们只能收兵回营，驱车前往卢森堡公园咖啡厅与等待我们的朋友聚会。

米兰站

巴黎飞往米兰的飞机竟然也有买超票现象，这彩头竟是被我赶上了。好在安排的酒店和食物还不错，我就不多批评他们了。这不，清晨五点半起床，吃罢早点，这又准备开始登机了。还想说一个情况就是这里的白天好长啊！晚十点天还亮着，清晨五时天已大亮，真是白天不懂夜的黑啊！

米兰不仅设计与时尚世界闻名，米兰也是世界的艺术之都之一，拥有众多的美术馆、博物馆，世界著名大师的作品一应俱全。达·芬奇的《最后的晚餐》和众多手稿，米开朗基罗生前最后一个雕塑，拉斐尔、提香、佩鲁吉诺、毕加索等大师的绘画收藏在布雷拉美术馆，布雷拉现代美术馆，二十世纪博物馆，米兰现代艺术博物馆等地。

三天的米兰之行甚是开心，也有幸结识了几位国内朋友，我们一起聚餐，一起玩耍，一起在米兰街头上演在雨中。哈哈，异国他乡真的很锻炼人，老佩已能较熟悉地认识路径，只是米兰打车太难，唯有雨中漫步回宾馆了。

7 月 2 日清晨，米兰飞往巴黎的飞机准时降落在戴高乐机场。哎！可是搞笑啊！竟然为等摆渡车在机舱内足足等待一个多小时。这种现象在国内还真心没遇到过。我就纳了闷了！这么先进的国家机场怎么那么小，飞机怎么那么老？服务真没那么好！记得四天前就是从这个机场飞米兰时，就因超票现象无法登机延至第二天清晨。试想，如果转机人遇此情况该有多么烦心？好在我们只是悠闲的游客，在时间上也没什么要求，也就勉强忍下了，只留一声叹息罢了！

今天是 7 月 3 号，现在是巴黎时间 10：58，老佛爷百货门口已挤满了来自世界各国的购物人。懒惰的法国人这般时候还未曾开店迎客。不等了，蓝蓝的天空白云朵朵，俺们带着美丽的心情来到莫奈花园吉维尼小镇，一个美丽的花园，大自然氧吧，漫步细品，沁心宜人！

走进莫奈花园，感受大师魅力！

回到宾馆都快晚上十一点了，巴黎的夜空是这样的明亮，街头的小黄车貌似很熟悉呢。

7 月 6 日，行走在香榭丽舍大道上，看着大道中央车水马龙的繁华和大道两旁被浓密法国梧桐树遮盖下的悠闲，在街头享用了一顿法式海鲜大餐，老佩的超级好胃口，高水平的剥虾皮本领让洋人们大开眼界，拍手称赞。体会着巴黎人的生活和浪漫，穿梭在人流中真的很轻松，愉快。让我再看一眼凯旋门，留个影儿俺便凯旋而归了。

2017 年 8 月 18 日

2017年的最后一天

2017年12月30号下午在西安参加一个文学活动，因为主办方给我们订好了往返机票，加之年终单位会议很多，无奈，只能在家乡短短地逗留，31号下午一点就要返回北京。由于我思家心切，晚宴后便与大家匆匆告别，星夜兼程，赶回三原老家看望爸妈。

大清早刚起床，塬上姨妈带着一大堆的农副产品来到我家。意外的重逢让我们大家都特别开心。姨妈面色红润，看起来身体很硬朗。老人家见到我特别激动，亲切地拉着我的手说："昨天晚上做梦梦见我娃了，今儿个就让孙子送我过来看一下。你看巧不，真的就见上了。你看多好啊！"慈爱的姨妈总是让我感觉很暖，缘分啊！

今天是31号，元月一号是我爸妈的结婚55周年纪念日，爸妈18岁恋爱，19岁结婚，风雨同舟，恩恩爱爱地共同渡过了55个春秋。本应在元旦之日庆祝，但因为我工作原因要乘坐下午四点的班机赶回北京，所以只能提前祝贺了。姐姐、姐夫、弟媳，外甥女、外甥女婿，还有我可爱的外甥孙子，以及塬上的姨妈，家里的秀芳阿姨在家对面的杂粮食府聚餐。举杯共庆新年快乐！及老爸老妈结婚纪念日！家人团聚，其乐融融。二岁小外甥孙子乐乐开心地竖起大拇指说了声：“牛！”童言稚语逗得大家哈哈大笑。多么开心的时刻啊！这就是家的味道，血浓于水的深情，吃罢饭，便与家人一一道别，外甥女婿和弟媳送我前往咸阳机场。实在是匆匆又匆匆！

飞机到达北京 2 号航站楼时已是下午六点钟。夜幕降临，寒风萧萧。北京的天气竟然比西安冷了很多。机场里面略显冷清，机场路的两旁车辆罕见的稀少。也不知城里情况如何？节日之际，怕给别人添麻烦，所以只能在寒风中等待出租车。

坐在出租车上打电话给女儿：“宝贝，我到北京了，你来机场接我吧。”女儿说：“妈妈，我和朋友们约好一起跨年，出门时没有开车无法接你啊。”听罢，我的心情有些失落，竟有些凄凉感！孩子大了，都有自己的圈子了，心想以后尽量不要麻烦孩子了！可能是年纪越来越大了，心思也越来越多，常常有些自哀自怜！想想也罢！以往的节日不都是自己一个人过来的吗？为什么今年倒是矫情起来了！算了，算了，不想也罢！

出租车刚入亮马桥路段还没到好运街就堵得水泄不通，路况并不是我想象得那么乐观。眼前车如长龙一般非常拥挤，车如蛹虫般地慢慢向前蠕动。我坐在车内焦急地观望两旁，只见车身，看不见人影，朦胧中隐约看见前面亮着红灯。我们只能跟在轿车大屁股后面爬行、爬行……

虽说离家不到两公里，但照此情况估摸着到家尚需四十分钟。好在还未转进好运街，此时尚可改变路线，从麦子店街潜入比较妥当。你想想，节日的蓝色港湾得有多漂亮多热闹，别说车了，人挤人的场面，人头攒动繁华的场面你敢想象吗？此时从它门前过，不是自找麻烦嘛。

谁承想，我的判断失误了。麦子店也是车水马龙，并不畅通。早知如此，还真不如步行回家呢。如今离家越来越远了，我又拎着妈妈给带的这大包小包食品和行李，这会子想走回去都实实的有心没力了！

再看看这出租车计价表，简直跳得比我心跳还快！不到五十米的费用比先前多出好几十块钱，如此等下去，我的钱包可真的要哭了！

左堵右堵，转街串巷，终于回到我们的公寓了。口袋一摸，咋找不到门卡哩？仔细一想，嗨！回西安时压根儿就没带，放到家里了。大堂保安帮我开启两道大门，这才能顺利进家。

一个人的节日也得过好呀！街斜对面不远处的蓝色港湾霓虹灿烂，美轮美奂，一派节日景象。要不出去走走？又想想，独自一人观赏也觉得没多大意思！此刻，我们公寓如它的名字“清境”一般寂静！平日里倒没有孤独之感，为什么节日之时总会有些伤情呢？调整心态，打开好久没有关照过的电视机看一看跨年晚会吧。这些个节目也没能提起我的兴趣！这时，妈妈突然发来视频：“君君，你到屋了没有？”我连忙说：“到了，到了，刚刚在洗澡哩。”妈妈说：“到了就好，我跟你爸就放心了。洗了好好休息啊，不要把身体累垮了。过节把娃都叫回去，给娃做些好吃的，把娃都照顾好啊！”不知咋的，我鼻子一酸，眼泪瞬间落了下来，心里五味杂陈难以言喻。哎！我咋这么粗心大意呢！到京应该先给父母报个平安才对呀！真是，父母的心在儿女身上，儿女的心又在哪儿呢？

迪迪毛豆和小花

初冬的清晨，蒙胧中听到有人在院子里说话。突然几声似曾熟悉的狗叫声，一下子让我睡意全无。呀！好像是迪迪的叫声，莫非我的迪迪回来了？翻身下床，走到窗前掀开窗帘往院子里看，看到在院里晨扫的小赵与农庄另一家养的小狗在说话。唉，不是我的迪迪。是呀，迪迪被送到西安给女儿养去了，怎么会自己回来呢。

看了一下时间，刚早上六点多一点，有些失落的我又躺回到床上。邻家小狗的造访，使我产生了对迪迪的思念，拿起手机翻看起迪迪的照片。我的小狗迪迪，我的小猫毛豆、花生、小花，一张张可爱逗人的照片，鲜灵活现地把它们与我共同生活的日日夜夜，一幕幕地展现在我的眼前，出现在我的脑海中，不由得使我陷入了对往事的回忆……

那是去年年底的一天。毛豆和迪迪的挠门声把我吵醒了，摸来床头柜上的手机懒懒地看了一眼，啊！才六点。试着挣扎了几下起身，可昨晚的酒劲尚未消退，沉沉的，身子酸软得实在有些艰难，又迷迷糊糊渐入半梦半醒之中。半个脑子梦到嗓子干渴四处找水喝，另半边脑子是毛豆焦急期盼食物可怜的眼神，迪迪张着嘴巴伸出舌头“哈、哈哈”地喘着粗气，摇着小尾巴等待麻麻出去给它们喂食的急切样子。起，还是睡？反复地在脑子里打架。“喵……”“汪汪，汪汪……”，两个小家伙发出乞食的叫声倒使我自责了起来，果断起床！屋门刚开一点，两个小脑袋瓜子便从门缝里探了进来，两对滴溜儿的大眼神儿可真让我心生爱怜。

我呼叫着它俩：迪迪、毛豆……，它们蹦蹦跳跳地先于我跑到餐厅，幸福地等着开餐。迪迪是鸡蛋和狗粮，毛豆是罐头和猫粮，两个家伙都怕我偏心，竟然吃起对方的食品，这小心眼儿可真把我逗乐了！低头给它俩加矿泉水时竟发现椅子腿边上的一片尿迹，嗯！这一定是淘气的迪迪干下的坏事！迪迪进家门二十多天了，长得喜庆又很黏人，通人性又很会讨好人。值得表扬的是迪迪的看家本领极强。有一天，我将家里几样不用的小家电送与庄里的工人，当看到人家提着东西出门时，迪迪“嗖”地冲了出去一边狂叫不许他走，又不时地扭回头用焦急的眼神看着我，似乎在说：麻麻，快把咱家东西抢回去呀！嗯，表现不错！少不了奖励乖一下。但凡我落座，它一定得扑我怀里讨个爱的抱抱，然后躺在我的腿上让我给它做舒心的按摩，真是抢足了风头。

从迪迪进家开始，毛豆就心生嫉妒，总感觉本属于它一个人的爱被迪迪抢走了大半，心里恼火一直不大理我，还专门干出一些爬高藏底，抓物咬花成心搞破坏的事儿向我示威。我想着法儿讨好它，买零食，买新窝、新玩具，都唤不回它对我一个友好的眼神。给它洗了一次澡之后，毛豆对我的态度有了喜人的变化，看我的眼神也温柔了许多。

该追究尿迹的事了。“迪迪过来”，正在享受美食的迪迪听我这厉声一喊，意识到自己犯错了，便嗖嗖地跑到餐床下面藏了起来。弯腰一看，那求饶的小眼神可逗人了。我用报纸卷成的小棒轻轻打着迪迪的头，命令它出来站在墙角反省。这时毛豆突然扑到我怀里喵喵地冲我叫，用眼神引领我看看站在墙角受罚的迪迪那可怜样。它的眼神似乎对我说：麻麻，别罚哥哥了，我们以后都乖乖的！

翻着手机上的照片，随着不同的画面映入，我的回忆也随着画面的变化切换着……

搬到农庄后，我从好友家抱回来两只小奶喵亲兄妹——毛豆少爷和美女花生。毛豆和花生是暹罗猫和豹猫的后代，但是它们的花色却截然不同。毛豆的暹罗猫基因多一些，只在鼻子的部位有些豹猫的花纹。花生则是全部豹猫的基因，通身全色的豹纹。两个娃娃的眼睛都是海蓝色的，又大又圆，每次奶声奶气提要求的时候，我都被它们会说话的眼神给打动和陶醉了。

两个娃娃到农庄正是隆冬的季节，因为农庄的天然气暂时没通气，暖气没法烧，娃们每天钻在沙发靠垫缝隙中相拥着睡在客厅的沙发上，与老佩在同一个屋檐下同甘共苦。天亮了，娃们就在房门外轻轻地呼唤老佩，用小爪子不断地挠门催促着我起床，让我给它们清洁猫舍，给它们添加猫粮和清水。天然气通了，暖气烧起来了，房间里温暖如春，花生小美女的高颜值打动了我女朋友的芳心，被以“借玩”的名义接到豪宅去享福了。花生走的当天，毛豆急了，近似疯狂地挨个房间里找妹妹。接连几天，毛豆不吃不喝，趴在客厅的柜子顶上不下来。看着毛豆因为与妹妹分离的伤心和思念，我很是心疼。说来也巧，好朋友来农庄做客时告诉我，他在上海的狗狗不能养了，希望我能养起来。我想都没想一口就答应了，不为别的，为了我的毛豆有个小伙伴，弥补毛豆因为失去妹妹受到的伤害。没过多久，因为我对毛豆和迪迪爱心有加的名声远扬，单位同事又给了我一只颜值更高的美女妹妹——小花。

小花是一只三花加菲猫，标准的鼻眼一线，泾渭分明的脸蛋，让我宠爱有加。小花刚来的时候，身上有些猫癣。老佩虽说有爱心，但是为了自己和其他俩娃的安全，先把小花隔离在一个独立的猫笼里。为了小花妹妹的病早一天治好，我操碎了心。每周都带着三个娃去宠物医院，给小花治病，给迪迪和毛豆洗药浴。特别是每天两次给小花吃药和药浴，不仅是体力活，还要与小花斗智斗勇。小花关在大大的笼子里，给它为喂药和药浴，单就把它从笼子中抓出来，就让老佩使出了各种招数。没几天小花就对我心生恐惧，只要我一开笼门，小花就会躲在笼子的角落我手抓不到它的地方。起初用罐头还能骗它，后来，干脆就刀枪不入了，任你怎么哄，美食诱惑，就是让你抓不着它。

功夫不负有心人，医生说三个月才能治好的病，在老佩精心护理下，小花不到两个月就痊愈了。当医生告诉我，小花可以与迪迪、毛豆一起玩耍，不用再隔离关着它时，我当时还真的有些小激动。

迪迪走后，毛豆和小花成了形影不离的异性伙伴，一起吃，一起玩耍，一起与我躲猫猫，一起想尽办法偷偷跑到院里海阔天空，让我担心小花走丢了着急上火。别看它们友谊深厚，但是为了能争到在小摇床上睡觉，它们也会打得不可开交。平时性情温顺，可真的打起来，小花是“巾帼不让须眉”，经常把毛豆从摇床上打走。每当小花把毛豆从摇床上轰走，它总是先心满意足地摇着尾巴，垂着脑袋，用萌萌的眼睛瞄着毛豆，然后再找个最舒服的姿势呼呼大睡。毛豆毕竟是有着高贵血统的猫娃，有着良好的教养，也心甘情愿地让妹妹有一个好梦。

一晃，毛豆和小花，兄妹俩都过一岁了，哥哥毛豆由于自身原因已与异性猫无缘了。可是小花妹妹到了待嫁的年纪，在家里待着总是心慌，想出去卖卖眼麻麻又不让。真羡慕毛豆哥哥，出进自由是多美好滴事啊。哎，小花妹妹最近有些闹情绪，呵呵，其实是提醒我这个麻麻该给它找婆家了。

时间过得真快，又是七月梅雨季，不由得想起了一年前的这时候——那是七月二十日，我记得很清楚。那场下了几天几夜的罕见的大雨我怎么会忘记呢？农庄变孤岛，屋内似海洋，猫咪毛豆和小花紧紧相偎惊恐狂叫的场面似乎就在昨天。时间溜得真快，不等缓过神来，这三百七十几页就翻过去了。窗外雨声凄厉，小花儿叫声一直响于耳际……花儿是否也忆起了一年前恐怖的雨夜，所以狂叫不止呢？农庄家的模样有所改变，毛豆也已随旧归去。偌大的房间，留下了我，小花和小花的儿子小奶牛一起听雨……

2017 年 7 月 26 日

“缘泉”拾趣

夏末秋至，天气渐渐地凉了下来。阴雨连绵，时而会让人感到有些微寒。日间知了鸣叫，夜里秋虫呢哝，真正地奏响了秋的乐章。

我不是一个伤春悲秋的人，但时不时也会有点小情绪、发点小感慨！也许是日子过得太清闲了，所以才有空去矫情！

位于北京北五环外的缘泉农庄租于十年前，眼见它从荒芜的一片土地，渐渐蜕变成了一个生机盎然的农家小院。看到今天的成果，我打心眼里高兴。告别城市的喧嚣，过最接地气的的生活，真的是太安逸，太舒心了！

初回到农庄时，正值春暖花开时节。庄内绿树成荫，花开遍地。每日在绿树环抱下漫步，享受花儿的幽香，嗅泥土的芬芳，听大自然的音律，让我感到悠闲和舒心。

清晨的农庄小院，各种花草争奇斗艳，竞相开放。一缕缕轻风飘来，院内花香满溢，沁心沁脾。缸中的睡莲，被小鸟唤醒，随着阳光的沐浴，一朵一朵地张开了笑脸。鱼儿被早醒的睡莲感染了，贴浮在水面，围绕着睡莲大口大口地呼吸着芳香的空气。狗儿猫儿蹦蹦跳跳，小鸟儿唧唧喳喳，扯着清亮的嗓子，在农庄里飞来飞去，挨家逐户地唱着歌儿……

农庄的夜晚月朗星稀，万籁俱静，耳际边偶尔听得几声蛐蛐叫……仿佛是大自然给我唱着月光小夜曲儿，令我心旷神怡。即使在炎热的夏季，非但不用开空调，还得盖上一条薄被子。幸幸福福地进入梦乡……

农庄的夏日，时常给我一种凉爽的初秋之感。

听闻得各地近日热如火炉，我的家乡大西安气温竟达四十多度。听得我心慌慌的！于是，多次致电爸妈及亲友，请他们来农庄避暑。可他们偏不信，非得等到天凉才到京城。不过，爸妈错过了夏日来避暑的时段，如果能赶上了农庄秋日里那收获季节的别样的景致，也算是一种补偿吧。

日子就这么一天天开心地过着，不经意间已近秋凉。你听，窗外知了的声音聒噪得有些讨厌，但我也无法阻止它扯着嗓门地高歌。喝口新茶，起身到院子检阅一下花和菜菜去。猫咪母女绕在我的脚边献媚打滚，想让我伺候它俩按摩。猫来个咪，还真会享受啊！小心翼翼地开了门，生怕两只小家伙溜出去不好管教，所以快速走出把门掩上。哇，阳光刺得眼睛睁不开，一阵轻风吹来阵阵花草香，眯上眼睛深呼吸，哇噻！舒服！爽呆了！满院花儿争奇斗艳，朵朵灿烂。哇，蝴蝶，花香蝶绕，好一个绝妙的画面！闲步庭院，浇菜观花，剪枝修竹，倒也自在安然。

午间，将洗好的各色水果端到门庭的木条桌上，沏上一壶好茶，缓缓地落座，静静地细品。再与这些个花花草草拉一拉家常吧：

紫藤爬满架了，花椒该收成了，葡萄熟透了，海棠果更甜更大了，大白杏虽说今年只结出三四颗果果来那也是成绩啊！几年前三十元购得花椒树小苗儿，如今已依附在门庭木架旁，健康茂密，长势喜人。看到红红好收成，别提我心里多得劲了！说完花椒，再看看我石榴树，五年前在水屯花卉市场花五十元购得小苗一株，因以前花千元栽种石榴未能成活的先例，所以没太在意，任其生长。那承想它给了我如此大的惊喜，不但日渐茁壮，而且长出红又甜的果实，叫人怎能不爱它呢？竹子栽种在客房窗前，本想它会长得又粗又直又高，没想到它却是枝繁叶茂就地成丛，翠绿欲滴，倒是别有一番风韵！与身旁众多的新品欧月相比，这株月季在小院中生活六年了，几经移栽，终未离院。且花开娇艳，生命顽强。可谓忠诚者！海棠树种植于去年四月，它已被周姓主人认养，我只是它的监护人而已。周姓海棠壮实给力，花开香艳，果实脆甜，今年收成不错。期待来年好好表现哦！再表扬一下这株可爱的葡萄，晶莹剔透水甜如蜜的你还是最受欢迎的了。今年你也六岁了，明年一定给你找个伴，不会让你再孤单了。紫藤啊紫藤，你生就天姿妙曼的身躯，骨干叶花都那么美丽，就是不要太顽皮，动不动就爬到别人家去。哟，再看看这骄傲的白玉兰总是那么挺立且枝繁叶绿，圣洁的白玉兰，朵朵明艳动人，为小院增添了许多的贵族气。

娇艳的月季会用灿烂的笑容欢迎你为它整装；南墙下木花箱里的无尽夏大绣球（准备开花）也都绿装整齐，期待花冠……修剪过的九岁紫藤树在新建的木门及花木架上展开爬姿，渐渐覆盖……院内茉莉花香，窗外青竹翠绿。偶尔一阵夹着泥土和花香的味儿随风吹过，真得使人心旷神怡。检阅完庭院，再去视察一下墙西木栅栏外的菜地……哇噻！菜菜们每天都会给人送惊喜！韭菜青青，茄子圆圆，花生多茂密，红薯叶爬满地，渐红的辣椒，高耸的玉米，再看看这新点上的胡萝卜、白萝卜，以及各色青菜们也争先恐后努力地挤出地面，嫩嫩的芽儿们也开心地等着我的评语……拔下几根青葱，进屋做碗酸汤面去。

祥和农庄，一片生机。

农庄此时正好！老佩喜欢你！

2017 年 9 月 29 日

猫娃娃，你在他乡还好吗？

看完铁凝的散文《告别伊咪》，真的让我很动容。这篇散文是写曾经在她家里过了四年幸福生活的小猫伊咪。看到其中几段时，我心酸了，掉泪了，不由得让我想起我的猫娃娃们，心里一阵阵地酸痛。我的加菲小花，我的奶牛宝宝，你们在新家还好吧？

毛豆宝宝，难怪再次回农庄你没有先前亲热了，漠然地看了我一眼之后便头也不回地离去了，原来是心里还在埋怨我呀！

此刻心里好想我的猫娃娃们啊！

“猫眼前是一个糊满嘎巴的空饭碗……猫蹲在熟人脚下，蓬头垢面，眼神躲闪，宛若逃学之后斗殴归来的一名顽童……凝神屏气地坐在远处倾听……目光里有一点愕然，有一点敬畏……

“他们的相处使人类那愈来愈粗糙的灵魂变得细腻了。动物的确比人更像人。”

看到书中的这些描写，更勾起我对猫娃娃们的回忆，尽管你们都到了家境富裕的地方去享福，可被遗弃的心灵创伤何时才能抚平呢！现在我后悔晚矣，小花宝宝和奶牛宝宝离开家时那惊恐的眼神，撕心的哀嚎，伤心的眼泪……每每想到，心里如针扎一样痛！

小花初进家门是2015年初秋，当时眼神哀伤，楚楚可怜，总是躲藏在阴暗处不敢露脸，它花了很多时间体味和观察新的生存环境，就是不愿与我这新主人拉近距离。为了医治它身上的猫癣，我每次都费尽周折，爬在地上，追遍所有的房间角落……因为擦药治疗使它非常痛苦，每次看见我拿起小药盒戴上塑料手套，它便惊恐逃窜。怕传染给猫咪毛豆和小狗迪迪，我便用漂亮的笼子把它隔离起来。当它看到毛豆和迪迪在笼外尽情撒欢时，对我的抗拒就越发加深了！几个月后，身上的新毛生出，它便被放出笼子，自由生活。但对我始终未能完全信赖。我还清楚地记得小花儿第一次跳上床，两只圆溜溜的眼睛端详着我的样儿，简直可爱极了。半黑半白泾渭分明的圆脸，鼻眼一线，人字形的小嘴巴，一脸无辜的表情，真真憨态可掬。好在它渐渐体会到我的爱心，后来竟变成了小小的跟屁虫，常常绕我腿边，即便是上卫生间，它也会赖皮劲儿地躺在我脚边，翻着个白肚儿，用滴溜溜的眼神看着我："还愣着干什么，赶快开始给我按摩吧。"小花第一次溜出门是在去年寒冬的一个夜晚，我是去厨房找吃的，路过客厅时发现沙发上少了小花的身影，毛豆竟趴在门上不停地挠着门，听见我的声音，毛豆用急切的眼神看着我"喵喵"直叫。啊！小花不见了。我顾不得穿上大衣就冲出门外，黑漆漆冷飕飕的夜晚，院内十分寂静。我慌忙喊着小花的名字，从自己的院子到偌大的农庄找了个遍，始终未发现小花的身影。农庄上百户人家，一户一院。冬季荒凉，大院干草丛生，还有建设了一半的工地、建筑物、水坑，等等……我的小花儿你到底在哪呀？不甘心的我回房拿了一盒猫罐头，再次出门继续找寻……近一个多小时后，我沮丧、失望地回到了家中。静坐在小花平日里躺卧的地方独自掉泪。“喵喵，喵喵…”耳边隐约地传来小花儿熟悉的叫声……我是在做梦吧？不是，是小花，我顺着声音扑向窗前，只贝窗外的小花儿正在急切地挠看窗户，打开窗户，小花儿“嗖”地蹿进我的怀里。我紧紧地抱着它，亲吻着它……

去年10月毛豆和小花，兄妹俩都过一岁了。哥哥毛豆由于自身原因已与异性猫无缘了，可是小花妹妹已到待嫁的年纪，在家里待着总是心慌，想出去卖卖眼麻麻又不让。真羡慕毛豆哥哥，出进自由是多美好的事啊！

女大不中留啊！过了几日便正式给我们家小花妹妹征婚了哈：“谁家有英俊潇洒的净梵加菲公子赶快言语一声，咱们做个喵星人儿女亲家可好？小花妹妹也算是出自名门，名媛范十足，正在考虑花落谁家呢。若有诚意，赶快与我洽谈一下猫咪婚事吧！娃娃可在等信哪。”

春节后，我家可爱的小花妹妹为了完成传宗接代的大任远嫁京城与黑豆完婚，时隔二月有余，也未曾发现怀孕的迹象。由于我思念之情日渐增多，于是就与婆家商量接这小两口来熬个娘家。那承想，嫁出去的猫咪真的恋上了婆家而忘掉了我这个亲妈咪，一进家门就不大适应，眼泪洒落一地，楚楚可怜的小样儿真是招人心疼。两天来不吃不喝，与自己的黑豆老公一起蜷缩在阳台角落纸箱的缝隙里。怕它们饿坏了，我便把纸箱搬走将它俩显露出来。谁知，胆子小的黑豆女婿吓得不敢直视我，小花儿直接偎依在黑豆的身边守护着自己的老公，两个小家伙四只大眼睛眼泪汪汪地望着我，好像哀求我说："送我们回家吧。"傻小花儿，有妈咪的地方就是你真正的家，婆家生活了一阵子你就把亲妈咪给忘记了吗？真的忘了吗？此时还真有些小桑心！由此可见，陪伴是最长情的告白，动物尚且如此……

后来，它们就有了自己的三个花色完全不同的女儿：小小花、玳瑁、小奶牛。

小小花和玳瑁出月后就相继被爱猫咪的朋友领养。唯有小奶牛一直陪伴在猫妈妈小花身旁，由我这个不咋称职的铲屎官照顾。

数月前，由于父亲身体不适来京调养，家事与工作实在太忙，实在无力照顾，万般无奈之下，便忍痛割爱，将小花和奶牛分别送到亲戚家和好友家由他们喂养。

如今，猫娃娃们离开我已四月有余，但我常常会想起它们。"喵喵"的叫声常常萦绕在耳边，那一张张可爱的小脸儿总是浮现在我眼前……

2017 年 12 月 26 日

秋天的落叶

秋色已起，悄然间将农庄深处这一排排的杨树梢儿染黄。金灿灿的叶儿如蝴蝶般轻轻落下，随风飘舞……我踩着这条黄金道儿向前游走，脚下的落叶儿发出“吱吱”的声音…当秋风轻柔地拂过发梢时，心境随着季节的那抹恬淡而开始陶醉……

大路两旁的柿子树上，黄澄澄的磨盘柿子挂在已落叶稀疏的枝干上随着轻风摇曳，顾盼生姿，倒是别有一番韵味。忽然间想起两句诗来，“秋去冬来万物休，唯有柿树挂灯笼”，我带着遐想，带着诗情漫步向小巷深处走去。

这时，一股似曾熟悉的柴火味儿夹杂着沁香的馒头味儿扑鼻而来。哇，久违的味道、儿时的味道！我深深地吸了一口气，顺着味儿向前探寻……只见前院门庭下有一位老太太，正在院子的锅灶上做饭呢，一把把柴火投进锅洞，火焰照在她原本粗黑的脸上，有点赤红。此时，笼屉上的馒头正在向天空溢着蒸气儿。看我走近，老太太高兴地迎了上来。她拿一小方凳子招呼我坐在锅灶边。我好奇地问她：“您什么时候住在这里的？我咋都没发现前边还有人居住，还以为咱们这条巷子就我一家常住呢。”老太太一边往锅洞里添柴火。一边唠叨着：“嗨！我都住了快一个月了。儿子孝顺，但工作太忙了。我在老家他又时常不放心，前些日子把我从河南老家接了来。儿子住在城里，每周末过来看看我。哎，最近好像特别忙吧，都十多天没回来了。”说着又招呼我到屋里参观。“置下这么大的院子给我住，还请了个保姆照顾我。费钱，太费钱了！这个软的床听说很贵，但睡着腰疼，总不及咱乡下的土坑睡得舒坦。前些日子我把保姆辞了，一个人也不认识，住在这儿真成了孤老婆子了。”老人不停地向我唠叨着。我能看出，我的到来使老人家特别开心。她热情地在柜子里拿好看的杯子给我沏茶，又端出一些水果招待我。望着偌大的房间，看着老太太苍老孤独的背影，我心里有些酸楚。这时，又是一阵风来，树叶被吹卷起在风中漫舞随即撒落得满地都是，几片叶子飘飘荡荡地落在冒着热气儿的笼屉之上，锅头沿上。老太太说：“哟！馍馍蒸好了，可以出锅了。”说罢，我便跟随老太太又回到了院里的大锅灶前。老太太将蒸熟的冒着热气的馒头菜团子装了一袋递我手中：“粗糙，别嫌弃，尝尝味儿吧。有空就多过来坐坐。”我望着老人家，眼神非常凝重。此时突然想起了我的父母，每次请他们来一趟京城真的好费劲，千呼万唤啊！可是老两口居住不过一个月便喊着要回老家。我常常想不通这个道理，我把家收拾得漂漂亮亮，所有设施一应俱全，就是为了让老两口住得舒适方便。可他们为什么就不能理解我的一番苦心呢？每当想起妈妈得知过两日就能回老家脸上的那股子喜悦之情，犹如小孩盼过年似的早早就收拾好行李的情景，我真的感到有些不可思议！但现在，我似乎有些理解他们了。他们是需要在生活了一辈子的土地上养老，需要的是自己熟悉的生活，他们需要的是陪伴，需要的是孩子们常常回家看看。

我要离开了，风烛残年的老太太站立在庭院门外目送着我说：“有空了就来坐坐。”

从她的眼神里，我看到了不舍、孤独和期盼……

时间过得真快，转眼又是一年的深秋。

今年的农庄住户好像增添了不少，随处可见三两个出门赏秋的邻居。有的用轮椅推着老人，有的抱着小孩，也不乏一些个出来遛狗的人们。大家相互寒暄着，还不时地拍下这秋意正浓的景色。农庄此时的气候特别好，感觉比往年温暖了许多。

我沿着小路漫行，这时，一阵微风吹过，树上的叶儿“沙沙”作响，枯黄的叶子犹如蝴蝶那翩翩的翅膀，轻轻地，轻轻地飘落在地面上……它离开了依靠的枝干，与风缠绵一起在空中漫舞，随即又轻轻飘下落至尘埃。

我低头捡起一片树叶，端详着，我忆起了它春季里的模样，心里暗自为它伤感。飘零的秋叶不时被风吹在了路面上，落脚之处，皆擦过落叶的边缘。车轮掠过，落叶随风而起，飘零风中……

落叶归根，它完成了它一生的使命。不知怎的，我瞬间感到有些凄凉，也有些孤独。

每当又一次看到秋叶飘零，我自然能醒悟到生命的缩短，是啊，寒冬又一次来临。当然春光也在悄然孕育。有一首流传的诗句说：冬天来了，春天还远吗？落叶的惨淡不会停滞太长，时光要让新的希望来与它陪伴。只是在用一种自然的方式让我们知晓生命就是这样在暗淡与艳丽中轮回着，并渐渐走向尽头……。

走着走着，不知不觉地又到了昔日那房屋前，眼前的门庭已变得荒芜萧条，那去年飘散着热气儿的土灶台上已被尘土和黄叶儿淹没了。望着眼前这一片荒凉，我不由想起一年前，脑海里又想起了那位慈祥的老太太，她是回到了老家？还是被儿子接进了城里？此时，我想她老人家一定是在自己河南老家安享晚年，睡着舒心的大土炕，吃着香喷喷的菜团子，过着自己顺心的日子吧！

不知怎的，我瞬间有了一丝伤感。想到了我的老爸老妈，他们现在可好？是否倚门盼望我早点回家？不知不觉，泪水已经模糊了我的视线……多年后的一个画面仿佛映入我的眼帘……寒风已起，落叶萧萧，一个风烛残年的老人拄着拐杖，颤颤巍巍地向我走来……

“你是谁？”

“我是你啊！”

2017 年 11 月 6 日

老佩赶集

周围静悄悄的，隔着窗帘总感觉外面的天色有些昏暗。问保姆小赵："是不是快下雪了，外面很冷吧?"保姆小赵笑着说："外面阳光明媚，比前几天暖和多了。毛豆和小花出去玩了好几圈都回来了。姐，你也起来走动走动，总这样躺着，头不晕都躺晕了！"是啊！这几天我是咋的了？除了偶尔进城办事，其余大部分时间都在睡眠中度过。越睡越懒，越懒越睡。长此以往可该怎么办呢？额滴神啊！我不会过早地得老年痴呆症吧?

拉开窗帘，刺眼的暖阳直接扑到我的身体上，瞬间将我温暖。脸上有点烧烧哒，身上感到了暖暖哒。哟，蛮舒服的嘛！推开窗子，一缕细风顺着窗子直接蹿入室内。哎呀呀！还真透着些小寒气，不过结伴而入的清新的空气倒是令人舒心。从窗口向外望去，庭院花草凋零，落叶满地，未免给人徒添了些小伤感。

真真无聊，还是重新回到床上再思考吧。想提笔写点什么，直感到大脑空白，提笔忘字，又感觉什么东东都飞不出来。

我怎么会变成这样一种状态呢？这样下去不就颓废了嘛！总得干些有意义的事吧。左思右想，我是起床去关照一下多日未曾打理的花花草草呢，还是开车进城去会一会许久未见的朋友呢，还是弃其他于不顾，继续蒙头大睡，在梦里云游四方呢？

“姐，好久没赶集了，家里菜也快吃完了，今天是礼拜四赶集日，你看去还是不去呢？”小赵的话语提醒了我，对呀，今天是赶集日啊，差点都给错过了。我果断决定，立即起床，速速梳洗完毕抓紧时间赶集去。不管任何时候，吃，永远都是要放在第一位哒。这次得多买些海鲜和蔬菜，久违的海鲜火锅我也得重温一下了。昨晚蒸的包子，现成的，就不必考虑别的主食了，现在的主要任务：立即出发，赶集备菜。

集市位于八达岭高速东边的玫瑰园别墅旁边，与高速路西我们的农庄属平行线。驱车翻过满井桥往东前行，红绿灯左转大约两百米即到。每逢周四和周六开集。对农庄的住户来说，赶集是件很有意义的事。从开春的蔬菜小苗，到院里的大部分的花花草草，均在集市上廉价购得。一年四季的时令蔬菜水果一应俱全。还有鲜活的鸡、鱼、鸽子，当天宰割的牛肉、羊肉、猪肉及各种下水。当然，我每次必买的就是清晨从天津运来的大虾和螃蟹了，有时候也会捎带点平鱼和贝类的产品。运气好呢，还会碰巧买到一些大酒店里才会有的名贵的菜品呢。

这说着说着，不觉得已经到了目的地。哎哟喂！这都8点多了，集市依旧是那么热闹，车水马龙、人头攒动，丝毫不受冷空气影响。在路边停车场快速停好车，便急忙加入到抢购的行列中去。

集市里的各色货物实在太丰富了！看这一片，各种大小不同的卡车里堆放着无公害大白菜、萝卜、红薯等最新鲜的菜品。“快来看，无公害大白菜五毛钱一斤。”“走过路过，不要错过，水甜的天津沙窝萝卜很便宜的。”买家与成片的卖家相呼应，吆喝声、讨价声此起彼伏。再望一望那一片，各色熟食、水果、花鸟鱼虫摊位十分密集，各路买家饶有兴致地穿梭在人群里。赶集的人儿可真多哦！真是热闹非凡啊！民以食为天，看来吃货不止我一人啊。首先，我得往最里面卖海鲜的地方赶，抢购大虾，稍晚一些就没货了，这可是我的经验之谈。这里的大虾个大肉肥且价格便宜实惠。我穿过熙熙攘攘的人群，好容易挤到了前面。天哪！大虾此时已剩小半箱底了。“老板，这些我都要了，快快给我包起来。”哈哈，终于如愿以偿，抢到了最后的两斤。下一个目标——买鸡。买鸡的学问可大了，同样重量的肉鸡分三个档次呢，饲养、家养、散养，价位也差别大，土鸡 29 元一斤，其他两种分别是 15 元、13 元一斤。但肉眼看起，我实在分不清到底区别在哪，只是心里感觉贵的就是对的，也许很多人也都这么想，所以即便是又被卖鸡人钻了营也未可知。正在思索，这时，暖阳中夹带着一股寒气向我袭来，实实冷得有些揪心。为了节省时间，为了不耽误我去发现更好的食材，我当即决定，兵分两路，小赵等待卖家宰鸡，我便行至最西头水产区挑选大鱼，因我的拿手绝活是鲜鱼火锅，所以逢集必买两条大鱼。鱼老板的生意就是红火，三个铝制大水池边围满了买鱼的客户。老板的动作麻利，眼尖手快，放上木板上的一堆鱼儿，他竟能记清楚哪条是哪个客户的战利品，这点我实实佩服！当他看见走近摊位的我，立马笑着说：“老板，今天鱼大，要几条？”“还是老规矩。”我笑着回答道。“瞧好吧！”抓鱼、宰鱼、洗鱼，两条大鱼在技术娴熟的鱼老板手中瞬间搞定。

买完这些个硬菜，得去采购点其他菜品了。货品多得真让人目不暇接，我左顾右盼，眼花缭乱。折耳根、水芹菜、芋头，还有好多叫不上名的稀有菜类，品种繁多。不经意间，竟买了几大包。真是吃货的好去处啊！

再去荤菜区浏览一遍吧，羊肚和猪大肠着实看着新鲜，但我没敢下手买，怕它膻腥难闻，影响别人的胃口。不过我做的涮肚和腊八蒜肥肠也堪称一绝啊！如果不买，又得等到下周？思来想去，还是忍痛割爱，留着下次再发挥吧。再看看眼前这当日宰杀的牛羊肉，实在是鲜嫩诱人啊！赶快下手每样都先买一些，也不枉我大冷天赶集一趟。我都纳了闷了，为什么一到这里就见啥买啥，合着钱不是我挣哒？

不一会儿，满满几大包食材就被运送到车上。我又返回主场火拼。西瓜、葡萄、鲜桃、冬枣，还有我最爱吃的鲜核桃，哈哈，又是满满几大包。大有进货的感觉呢！

不知不觉，接近中午 12 点了。集市上的人渐渐地变少了，我们也该收兵回营了。载着这一后备厢的战利品，一路哼着小曲儿便踏上了回家的路。今天的晚餐应该是很丰盛的啦！这不，有口福的人来了。表妹来北京开会，晚上到农庄来看我，她可真是好口福啊！

2016 年 8 月 8 日

五十心语

今天是除夕，明天就是新年了。时间晃得真快呀！这不知不觉地一年又过去了。春节的气息是喜庆的、欢乐的、祥和的。总之是应该高高兴兴开开心心的，可我的心里竟有了一种淡淡的忧伤，突然有点惧怕过年了。是啊！能不怕吗，这是正在奔五十的节奏啊！

五十岁，就意味着你已经到了知天命的年纪了，按照乡俗还可以正式过一个五十大寿。

记得爸妈在四十多岁时常念叨着，到了五十岁一定要过一个隆重的生日。

爸爸妈妈五十岁生日那年（老话讲，过单不过整，实际也是四十九岁。）他们膝下已经有三个孙子了。姐姐的五岁女儿可可，我的两岁女儿嘉嘉，弟弟的儿子一岁半的儿子林林。虽然那生活不是很宽裕，但家里时常透着的是欢声笑语，幸福满溢。看看爸爸和妈妈五十岁生日那天的照片（因为他俩生日相差三天，所以研究决定放在同一天过），老爸穿着一套藏蓝色的中山装，身材笔挺，风度翩翩。老妈短发齐耳，穿着得体的暗格西装，里搭月白色碎花衬衣，两人幸福地享受着三代同堂的快乐时光，俨然一副老者的面孔，接受着大家的生日祝福。

这个画面，仿佛就在昨天……

“五十岁的女人啊，经历了半个多世纪的光阴，不管你在不在意，岁月都以它飘逸的姿态迈着前进的步伐，不知不觉中走过了一个又一个年轮，在时空的隧道里，人生只是一瞬间。在人生长河里，却已闯入生命的秋季。

五十岁的女人已知天命，经历了春的浪漫，夏的热烈，哭过，笑过，爱过，恨过，彷徨过，奋斗过，也憧憬过，无情的现实曾击碎过多少个梦想，蓦然回首，我的前半生曾经历了那么多坎坷，那么多叙说不尽的故事，又有那么多幸运的遇见，感恩！经历就是财富啊！”

以前看到这些语句总是感觉写得很好但与我无关，内心总感觉自己还年轻。时光荏苒，不经意间，已到知天命之年。

想想我这前半生，虽不惊天动地，但也是历经坎坷，命运多舛，可唯朱坚强！好在老天垂怜，竟也活得衣食无忧，开朗乐观。由于父母工作流动性很大，所以我儿时基本属散养长大。八九岁时回到县城上小学；十二岁考入陕西省艺术学校开始七年的学艺生涯；十九岁参加工作分配到戏曲研究院秦腔团；经历了定亲，婚变，处分，离团。又遭遇了无情的打架血案，二十四岁本命年时成就了本不协调的婚姻，我摆过地摊，组建过时装团到广东闯世界。曾经与黑社会斗争，与恶势力周旋。下南洋到马来西亚寻发展；西安市东城墙边上我开过“玫瑰之约”咖啡屋，南门之外我开过“亚童梦国”大茶园。1997 年因为参加全省青年演员折子戏大赛获得一等奖头名，我又被召唤回团，重返舞台把最爱的秦腔倾情奉献。

感恩遇见监护人，来到北京，从此我的命运改写，近朱者赤，渐渐地走入了文学圈……

五十岁所喜，事业稳定，父母健康，女儿乖巧，自给自足的生活倒也是悠然自在。

五十岁所忧，华发渐生，记忆减退，体能突变，好多事情都力不从心了。

当我的称呼从小朱突然演变成老朱的时候，一时间还真的很难接受。那一天与文友聚餐，席间一位女作者说要与我互加微信，扫一扫后方知在文友圈里已有多次交集。她眼神疑惑地看着我说："啊！老佩，你是老佩？怎么和头像上不大相像呢？"她的表情让我有些不舒服，我自嘲地回答；"头像上的照片是美颜过的，本人会让人很失望吧？老了！"

第一次发现白发在我头上无情地生长，放肆地蔓延……

第一次发现自己视力下降，看东西需要戴老花镜……

第一次发现自己腰腿不及以前活便，上楼很吃力……

第一次发现视频里的自己皮肤松弛，老态尽显……

我心情低落，犹生伤感，真的好留恋逝去的华年。

不知什么时候起，原本一个爱热闹的我突然变得安静了下来，喜欢一个人待着，静静地思考。不喜欢扎堆了。

健忘的毛病也日益显著。几十年前的事儿如数家珍，眼前的事儿总是记不住。为此还常常出现一些尴尬的场面。比如朋友见面，对方热情地和你攀谈，但脑子里却忆不起对方的名字，只能强装很熟，直到说错名字才被对方发现，难免不好意思。

前段时间偶尔看网易新闻，一篇采访里直接称五十多岁为老年人，60后艺术家已经被称老艺术家了！还用身体硬朗这些个词。看得我非常不舒服，都有点伤心了，生出万千感慨：时间呀时间，你飞得那么快是揍啥呢吗？要说你想飞你飞，拉哈额倒是弄啥呢吗？我还想好好滴美一哈呢，这哈全让你给搅乱了，额真真滴有些讨厌你了！人们总是说要和时间赛跑。现在敢赛吗？

其实，在我看来，五十岁，是人生的巅峰时期，生活的磨炼赋予我们更多的阅历和经验，让我们的为人处世更加游刃有余，练达通透；五十岁的生活基本趋于稳定，我们有更多的时间去做自己喜欢的事情，从这个意义上讲，五十岁未尝不是人生新的开始。

我的五十岁，还有很多计划：多旅游，常锻炼，学画画，用画笔描绘对生活的感悟。去写书，用文字记录岁月的光辉。

一个人对生命最好的态度，就是无论何时都能用尽全力去营造美好的生活。

五十岁，我将再次出发，续写美丽人生！

2018年除夕夜

城里乡下

城里的家正如它的名字“清境”一般清静，但比起农庄的夜晚还是差了点意境。思来想去，我还是适应接地气的生活，城市里还是让人有些压抑。考虑到天渐寒，乡下远，节省时间和能源，先且凑合着装几天城市人吧。

无聊的时日，总是让人乏力。总想努力忆起岁月的美好，但又有很多的空缺和无奈！空洞的内心，好想让热情去填充。但现实总是残酷，并不会如你所想。此境尴尬，又想自我调节。真真有些困惑了！

回城整整十天，也足足病了十天。看来我真适应乡下生活，整日里除草浇花种菜，清新的空气，花儿的笑脸，菜菜的香甜，泥土的芬芳，小庄的幽静，鸟儿的鸣唱……都带给我身心最美好的享受。在城里，工作是方便了许多。但房屋的压抑，街头的喧嚣，道路的拥堵，应酬的繁忙总是让人透不过气来。天渐寒冷起来，独住小庄难免凄凉，路途遥远，难免让家中老人放心不下。思虑再三，还是先克服心中障碍，先在城里过冬吧。待到春来时，再到农庄照顾我的花花草草和菜菜吧。

说实在的，习惯了乡下的日子，城里的喧嚣还真让人受不了。真的无法与农庄去比较，睡眠质量那是有着天壤之别！半年前就有过一次烦心。

由于进城给女儿送点东西顺便访了一下友人，不觉得天色已晚。考虑到芍药居给孩子租的房子即将到期，归还前还得打扫一下卫生，所以就决定留在城里开始深夜劳动了。三个多小时的大干，屋子变得干净整洁多了。夜半更深，洗洗歇下，哎哟喂，真是老了！这腰腿疼得呀！实在是筋疲力尽啊！夜间，楼下车子的鸣笛声不绝于耳，使人烦躁！窗外大风呼啸，直把窗门敲打得噼里啪啦，真要命！咬咬牙，数数羊，刷刷微信望望墙。随缘入梦吧。

狂风肆虐，一夜未曾停息……

望窗外，整个天空阴沉沉的，昏昏暗暗，原来是沙尘暴无情地来袭。看看时间，已近 10 点，起床整装，赶紧回乡。若是耽误，真怕大雨阻路，更加不便。说走就走。哎！床紧紧地吸住我的腰不让我离去，嘿嘿，唯有它是最爱恋我滴。

城里的日子不属于我，还是回我的乡下，过我休闲自在的日子吧。

回到乡下，这气场一下就顺了。

农庄的夜晚实在太美好了！月朗风清，万籁俱静。耳际边偶尔听得几声蛐蛐叫……非但不用开空调，还得盖上一条薄被子。幸幸福福地进入梦乡……

这是夏日吗？有时都会给我一种初秋的感觉。

清晨起来，先给花儿们浇水，然后再去菜地巡视一圈。观见西红柿已泛粉红，黄瓜鲜嫩着绿，辣椒不经意间给我惊喜。

昨日种下的白菜、生菜、红菜等不日便能发芽了，如果有一场好雨滋润一下，那就更好了。想着，心里头都美美哒！

午间，顶着烈日骄阳在院赏花，轻风徐来，吹走了夏日的燥热，轻拂着阵阵舒心。感恩生活的美好！这就是属于老佩的快乐。

“缘泉”雨后，空气清新，略带凉爽，飘来阵阵泥土的芳香。漫步庭院，顿觉神清气爽。望着这些个花儿草儿的，内心还真有些小小的自豪，有付出就有回报，一拨一拨盛开的花儿，是对我最好的嘉奖！

每每看见院里这几盆铁线莲，我都会忍不住笑出声了。这话得往前倒腾了。那日王军姐姐和红墙哥哥做客农庄，顺便教我一些种花技术。走到这盘乱蓬蓬、黑乎乎的一堆乱头发似的铺在盆上的植物面前时，好生诧异，竟不知它为何物。当我告知是我种的铁线莲时，顿时把红墙哥哥和王军姐姐给笑喷了！经姐姐指点，我才知种了半个月的铁线原来是种反了，蓬蓬乱发原是它们的根呀。怪道来一直未见乱发变绿，可笑，太可笑了！真是一窍不得，少挣几百啊，看来在园艺花草方面我还需继续精进啊。我有信心哒！

日子就这么一天天地过着，不经意间已近秋凉。窗外知了的声音聒噪得有些讨厌，但我也无法阻止它扯着嗓门地高歌。喝口新茶，起身到院子检阅一下花和菜菜去。猫咪母女绕在我的脚边献媚打滚，想让我伺候它俩按摩。猫来个咪！还真会享受。小心翼翼地开了门，生怕两只小家伙溜出去不好管教，所以快速走出把门掩上。哇，阳光刺得眼睛睁不开，一阵轻风吹来阵阵花草香，眯上眼睛深呼吸，哇噻！舒服！爽呆了！满院花儿争奇斗艳，朵朵灿烂。哇，蝴蝶，花香蝶绕，好一个绝妙的画面。闲步庭院，浇菜观花，剪枝修竹，倒也自在安然。

做一个温暖的人，不求大富大贵，只求生活简单快乐。

又是七月梅雨季，不由得想起了一年前的这时候……

那是七月二十日，我记得很清楚。那场下了几天几夜的罕见的大雨我怎么会忘记呢？农庄变孤岛，屋内似海洋，猫咪毛豆哥哥和小花妹妹紧紧相偎惊恐狂叫的场面似乎就在昨天。时间溜得真快，不等缓过神来，这三百六十几页就翻过去了。窗外雨声凄厉，小花儿叫声一直响于耳际……花儿是否也忆起了一年前恐怖的雨夜，所以狂叫不止呢？农庄家的模样有所改变，毛豆哥哥也已随旧人离去。偌大的房间，留下了我、小花妹妹和它的儿子小奶牛一起听雨……

我喜欢农庄的家，适应乡下这接地气的生活，习惯了每日里除草、浇花、种菜。这里清新的空气，花儿的笑脸，菜菜的香甜，泥土的芬芳，小庄的幽静，鸟儿的鸣唱……时时刻刻都会带给我身心最美好的享受。

不经意间，不知是环境改变了我，还是我改变了自己。

总之，回到乡下，这气场一下就顺了。

宠辱不惊，看庭前花开花落；去留无意，望天上云卷云舒。天晴时，风和日丽；下雨时，银河倾泻；入暮时，晚霞斑斓；入晚时，夜深人静。

在乡下，每一夜都能干干净净，开开心心，筋疲力尽地入睡。每一天也能清清爽爽，心平气和，精神充沛地醒来。这就是最好的生活。努力让自己做一个温暖的人，不求大富大贵，只求生活简单快乐。这就是我想要的生活。

2017 年 10 月 8 日

唉！老佩的年啊

年的味道，已无法清晰地道出，或喜，或忧；或甜，或涩……或者是五味杂陈，自己已然不能分辨得很清，已不似儿时的单纯，不似年少时的清爽，静下心来仔细地品，各种滋味会一起涌上心头。

这过年可真累人啊！春节应该是让辛苦工作了一年的人们回家团聚，幸福愉快的事情。可如今这新年，少了许多儿时的年味儿，却增添了许多琐碎复杂。从初二早上开始，载着一后备厢的各色烟酒糕点茶，提着大包小包如赶场子般地走亲戚，一众亲友相聚，聊不上几句就得转点下家拜年。手中的礼品从这家到那家来回地循环……不管县城或乡下都是车如长龙，人头攒动……可真是美了街边的小商户，累了奔走的回乡人。儿时盼新年是因为可以穿新衣服，放鞭炮，吃好的……而今日子富裕了，天天吃美食，时常穿新衣，禁止放鞭炮，除了街头的红灯笼和红对联让人感觉到点年气外，我实实找不出新年的乐趣了！突出一个字“累”。取而代之的是感叹和伤感，甚至还夹杂着一丝恐惧。追问自己，年轻的心态到哪里去了？也许什么也无法遮掩住岁月的脚步，莫名的惆怅在某一时刻会从心底蹿出来。嗅觉、味觉都会失灵。

瞧瞧我，节日期间整日里钻在厨房忙着做饭，生生地把脑袋给过晕了。原本抢购的是2月19号（大年初四）从西安回北京的火车票，生生被我记成了大年初五。

清晨，满心欢喜地向家人一一告别，还把老妈为我准备的工作服（做饭的围裙）给了姐姐，郑重其事地办了个交接仪式，语重心长地交代再三。然后在姐姐和弟媳在陪同下从家里出发赶往西安。快到火车站时取出车票仔细一看——“糟了”，票是昨天的，车已发过，票已作废了。大意啊！无奈啊！这时怎么埋怨自己也都无济于事了。返回县城途中，弟媳和姐姐打趣说：“回家见了咱爸就说你实在舍不得离开家，还想多为大家做几顿饭，所以又回来了。”除了无奈地苦笑一下，我还能说些什么呢！

紧接着，我的新一轮的抢票大战又开始了……两部手机同时抢票，还邀请朋友加速抢票，几小时大战搞得我头昏脑涨，腰酸背痛，躺在床上做些许歇缓，目光都不敢远离手机，看着左手边的手机抢票进程，又不时翻阅一下另一部订单，过了一小时左右，再细看一下左边的手机订单，这才发现又把票订反了，西安至北京又被我点击成北京至西安。额滴神啊！到底把额给老咧！这种错误犯了可不是一次啊！致电携程旅行网，赶紧取消了订单。此刻望着这只手机界面一直旋转着抢票中……抢票——二等座一等座——保底票，已出了三份票钱，现在还未看到希望，我只有苦苦地等……

家人帮我抢，发动亲戚帮我抢，那个时段，电话铃声不断响起，我简直就是个春运接线员啊！

谢天谢地！终于有着落了。最终在好兄弟西安科教网的CEO李伟伟的帮助下，以上车补票的方式解决了难题。

车次初六晚7点30分的，怕再出纰漏，初六吃完午饭，我便叫了滴滴打车匆匆出发。司机并没有选择新高速，而是从老的西铜高速开往西安。怕有口舌之争，我便忍着没说什么。谁成想，车辆向右变道时，偏偏遇到碰瓷的老人。他用拳头猛击车尾，并发出粗鲁的叫骂声。滴滴司机也不甘示弱，非得下车与之论理，老头气势汹汹地用身子堵在车前，见此情景，我急忙下车相劝，左右赔礼道歉，方才化解了一场干戈。好险哪！差点因此耽误大事。遇事要冷静，退一步大家安。

穿过车站爬高沿底的路段，加入长龙般人潮涌动的队伍，我挤呀，我挤呀……肩上的背包还不时地向下滑落，好容易凑到窗口，检票员看着我递出的身份证说："去哪？"我说："找范女士，我们约好哒。"检票员说："这里检票，无票不能进入。"天哪！这队我又白排了。无奈啊！我手拉行李箱，焦急忙慌地、东跑西颠地、满头大汗地在茫茫人海的缝隙之中寻找目标。我左顾右盼、不断打听，终于找到与范女士相约的地方了。范女士非常热情，她将我接到茶座候车室的办公室里，沏了一杯香茶递到我的手中。瞬间，一股暖流涌上心头。范女士十分贴心地帮我拎着行李箱，领我找到列车长拿到票号，等到安置好铺位后方才离开。细致周到的服务令我非常感激。亲人啊！感恩，感动！

17号车厢拥满了靠各种特殊关系来等待补票的旅客。看着这些神情焦虑、躁动不安的人群。我真的感觉自己此刻真属于很幸福的人啊！

42 次列车徐徐开动了，我的十三个多小时的旅途生活开始了，“哐当哐当哐当哐当……”

北京，我回来了！

好一个风和日丽艳阳天啊！春来了，天暖了，身上这厚墩墩的暖服貌似应该脱掉了，漂亮的春装还等着我接见呢。

2018 年 2 月 26 日

最爱是秦腔

考古秦腔，源远流长……

秦腔有“形成于秦，精进于汉，昌明于唐，完整于元，成熟于明，广播于清，几经衍变，蔚为大观”的说法，是相当古老的剧种，堪称中国戏曲的鼻祖。秦腔，中国西北最古老的戏剧之一。

八百里秦川莽莽苍苍，东有黄河之九曲回肠，西岳华山雄奇峻险。“长安自古帝王都”，“周秦汉唐竞风流”，一部漫漫中华文明史，大半都发生在三秦大地这片热土上。孕育于这样一种环境里的秦腔，自然是高亢激越，粗犷豪壮的。

提起秦腔，我就特别自豪。前日与一众上海籍、河北籍、山东籍等生活和工作在北京的好朋友聚会，吃饱喝足，便在朋友的起哄下，即兴表演了秦腔。每次表演前，我肯定会给大家介绍一下秦腔的由来和特点：“秦腔是戏曲的开源鼻祖，它的特点是慷慨激昂，苍劲悲壮……”如数家珍般地来个前言，紧接着再把所演唱片段的唱词给朋友用普通话朗诵和讲解一番，然后，打开手机里的秦腔伴奏件……随着过门（伴奏），我便深入到角色之中……置身于古代的一个欢乐祥和农家小户。兄弟在一旁读书，母亲在一边纺织，女儿家手中绣着丝绢，心中却有喜有忧：“兄弟窗前把书念，姐姐一旁把线穿，母亲机杼声不断……天伦之乐乐无边，可叹娘屋难久站，出嫁便要离家园，母女姐弟怎分散，想起叫人心不安。”这是秦腔名剧《三滴血》中李晚春的一段唱腔，当年被秦腔名家肖若兰演绎得委婉动听，耐人寻味。作为经典，在三秦大地广为流传。我之所以爱将这段唱腔给大家推荐，源于想改变外界人对秦腔的那种“累破头”“只是吼”的印象和看法。想让他们知道，秦腔既有“慷慨激昂，苍劲悲壮”，也可“行云流水，委婉动听”。要说，最让我开心的就是他们还真正听懂了秦腔，喜欢上了我的演唱。还有啥比这更让我开心的呢。

在北京，秦腔票友剧社据说有好几个呢。我所熟知的有由一帮年轻人组建起来的“研习社”，从成立至今好像已有十多个年头了。记得当年成立时的首场演出是在北京农业大学的剧场里，当时我和周明老师，企业家王保甲大哥作为北京陕西同乡联谊会的代表被邀请去。那场演出我记忆深刻，当时，身为社长的刘祥当晚拜了秦腔老艺人、年逾八旬的王辅生老师为师傅，一众年轻人轮番演唱了秦腔经典唱段，王辅生老师还倾情演绎了自己的看家戏《家女》呢。

如今，这群活跃于首都北京的秦腔爱好者是一群单纯喜欢秦腔的人，不同身份不同行业不同年龄，聚在一起许多年了。他们常常利用空余时间组织排练，已经能演出很多经典的秦腔剧目了。他们也曾经回到家乡西安演出，一台折子戏清唱晚会，一台本戏。这一行劳师动众几十号人，参与人员大多是自掏腰包。要知道，这可是一笔不小的投资啊！可能会有人问一个问题：图啥？他们坚定地说：“因为热爱秦腔。”此种纯粹与热情，恐怕连专业人士都自叹不如。

记得是七年前吧，那是一个炎热的夏季，午饭后接到一个电话：“你好！是朱佩君老师吧？我是研习社的王小峰，今晚我们在北京宁夏办事处有一个小型的秦腔演唱会，听说您以前是专业演员，想请您参加这次活动，不知您能否赏光？”接到这个邀约，甭提我有多么欣喜了。连忙说：“没问题，谢谢你！告诉我地址，一定准时到达。”

如约到达，在王小峰的引领下我来到了宁夏办事处。此时，食堂里满满地坐着三四桌人，第一个与我热情寒暄的人叫言韶，他是京城一家知名房地产开发公司的总裁，我用疑惑的眼神打量着这个穿着考究，身材挺拔的中年男人，他也爱秦腔么？接着，他向我一一介绍了在场的朋友，有银行家、会计师、工程师，等等……我颇为好奇：这帮来自各行各业的精英是怎么演唱秦腔的？

开场锣鼓后，一段《三回头》里旦角的苦音慢板开始了，“此时候……”哇塞，好动听，好有韵味，简直完胜专业演员啊！她叫曾丽君，祖籍甘肃，嫁于北京，是退休干部。这做派，这唱腔，真不由得让人叹服。

“忠义人一个个画成图像，一笔画一滴泪……”太棒了！这行腔，这音色，这韵味，简直是专业中的专业啊。这段《赵氏孤儿》“挂画”中程婴的老生苦音慢板唱腔，竟被银行家李全林演唱得韵味十足，行腔流畅，抑扬顿挫拿捏得十分到位。赞，大赞！更让人吃惊的当数身为企业家的言韶先生，一段《火焰驹》中李彦贵的“离京地回苏州无处立站……”把经典唱段演绎得惟妙惟肖，嗓音之高，音色之纯实属难得。其他人员演唱也都特别专业，也很踊跃。你方唱罢我登场，现场气氛十分活跃。这些可真的都是非专业人士哟，真的让我大开眼界啊。他们对秦腔的热爱和执着追求深深地感动着我，大家强烈要求我这个曾经的专业演员表演一段。说实话，我心里真的有点发怵，真怕自己长期不开唱嗓子出不来。但机会难得，如果不唱真都对不起我这颗热爱秦腔的心。一段悲愤煽情的祥林嫂《砍门槛》苦音尖板“执利斧咬牙关急往前赶……”拖腔二音“咦……”在场的女声们齐声合唱，气氛相当热烈。一大段唱腔一气呵成，悲愤交加，泪流满面……

2012 年 1 月 9 日晚，位于北京宣武门西北角的繁星小剧场人头攒动，高潮迭起，秦声、掌声、叫好声接连不断，鼓声、梆子声、板胡声清脆悦耳，悠扬委婉，由浙商银行主办，北京陕西同乡会、大秦之腔北京研习社、北京万彩恒盛公司、北京亿彩公司等五家单位联合举办《迎新春（北京）戏友秦腔演唱会》拉开了帷幕。人们有些纳闷，浙商银行和秦腔沾不上边嘛？但这个银行北京营业部的老总是我们西北人，为人豪爽，酷爱秦腔，他们单位要办晚会，自然想起了秦腔，想起了一直在一起唱几段的秦腔戏友。于是大胆策划了这次秦腔演唱会，虽然规模不大，却取得了意想不到的效果，用十分圆满、非常成功来形容毫不夸张。

为了办好演唱会，组织者专门从西安请来国家一级琴师、著名板胡演奏家陈百甫老师，国家一级鼓师王建民老师前来助阵。

晚会开场便是我和剧社的买广华的折子戏《火焰驹·表花》片段，默契的配合、优美的动作、缠绵婉转的唱腔抓住了台下满场西北老乡的心，一阵阵的掌声表达了观众对我们表演的充分肯定。接下来南波西装革履登场，他的一段《放饭》演唱得中规中矩，很准确地表现了朱春登当时的心情。在欢快热烈的伴奏声中，剧社的美女舒敏唱起了人人都会哼的眉户戏《阳春儿天》，音色纯美，委婉动听的唱腔把大家的思绪一下子带到了那“看了梁秋燕，三天不吃饭”的日子。她和言韶合作的《华亭相会》也有声有色，保留了传统唱段的无限韵味。

刘祥虽然是业余戏迷，可他的秦腔造诣是我们平常人难以企及的，他为秦腔投入的精力和财力，他对传统秦腔执着的追求，更是我们研习社得以生存和发展的动力和源泉，尤其是他拜秦腔表演艺术家王辅生为师以来，演唱水平有了质的飞跃。他的《苏武牧羊》、和买买提合作的《走雪》片段，得到了现场如潮般的掌声。

言韶虽是一个企业家，但作为从小在易俗社隔壁长大的他，深受秦腔氛围的熏陶，也时常受高人指点，而且天生一副唱秦腔的好嗓子。这次他奉献给大家的是《祖籍陕西韩城县》和《打柴劝弟》的片段，实在是太棒了。

曾丽君的《庚娘杀仇》在陕西省戏曲比赛业余组中得了优秀奖，她的演唱功底和水平都好，也是剧社的骨干力量，深受观众喜欢。席鹏是影视专业毕业，陕西宝鸡人，活泼开朗，扮相俊美，一段《血泪仇》里面的“王桂花纺线”唱得非常出彩，让大家眼睛一亮，接下来《洪湖赤卫队》韩英的唱段“娘的眼泪似水淌……”这一段更是超常发挥，嗓音甜美，字正腔圆，缠绵悱恻。加上优美的音乐，一大段唱一气呵成，自然流畅。

演唱会一个高潮接一个高潮地进行着……晚会接近尾声，我再次返场给观众演唱了《祥林嫂·砍门槛》。观众的掌声此起彼伏，非常热烈，把整个晚会推向了高潮。

主持人说：“佩君有着圆润高亢的嗓音，有着做演员的天分，也有对人物形象细腻的刻画，一个受尽人世间一切苦难，无依无靠的祥林嫂形象逼真地表现出来，随着她泪如雨下的哭诉，我观察到，台下的老人们随着她怨恨的爆发也是唏嘘声一片。感谢她为大家献上这精彩的唱段。”

最后一个出场的李全林老总，他的《忠义人》和杀庙中《听罢了》唱段也很精彩，观众也毫不吝惜地把掌声献给了他。

这就是秦腔的魅力，这就是大西北人的秦腔情结，这也是游子们对故土思恋的情感宣泄。

当我们的秦腔在北京的各个角落唱响的时刻，我会永远记住这些为继承秦腔，发扬秦腔，宣传秦腔，演唱秦腔做出过努力的剧社同仁。

后来，由于热爱秦腔的票友越来越多，为了照顾大家的工作，方便排练安排，我们又分支成立了一个新的剧社——北京春晖票友剧社。

提起春晖剧社，自然要夸奖一下为剧社提供排练场和午餐的陕西乡党郭陇军郭总了。他不但将自己的厂房腾出几间来给剧社无偿使用，还为参加排练的人员提供一顿午餐，虽是面条，但真的很暖心。郭总的夫人也是忠实的秦腔爱好者，总是忙前忙后地招呼大家，偶尔唱上几段青衣，还义务兼管剧社的戏箱。

张总是国企的老总，酷爱拉二胡，尤其喜欢秦腔牌子曲，乐队的组建，完全仰仗于张总的全力支持。大校张小林来自于部队，也是二胡爱好者，但凡排练都超级认真，虚心好学。乐队其他成员来自于不同的行业，源自于对秦腔的疼爱，大家走到了一起。

我们的春晖剧社曾在中国剧院、梦剧场等留下过足迹……

最难忘的当数 2013 年那个酷热的夏天，为了赶排大型秦腔传统戏《火焰驹》，剧社同仁不辞辛苦，每日赶到双桥，一起在烈日骄阳下认真排戏。这出除我之外全是票友排演的秦腔《火焰驹》，排练仅仅用了一个月的时间。做梦都没有想到，我们竟然登上了连专业院团都十分羡慕的梅兰芳大剧院，而且演出当晚一票难求。大家齐心协力，严谨认真。观众看得过瘾，热烈的掌声响彻整个剧场……谢幕了，热情的观众把我们簇拥在台上献花拍照。那晚，我心潮澎湃，激动得一夜未眠。

后来，我们这台《火焰驹》相继接到宁夏艺术节和陕西艺术节邀请，在宁陕两省的舞台上相继绽放……难忘回到家乡，走入易俗社演出的那个夜晚，我的亲人、朋友、昔日艺校的同学都纷纷赶来给我捧场。那是我时隔数年，再次登上家乡的舞台，而且还是在百年剧社——易俗社唱响我最爱的秦腔，是多么激动人心，令人难忘的事啊！

前日，随红孩老师在中国现代文学馆鱼池边行走，看见鱼儿，我嘴里边能溜出《游西湖》里李慧娘的欢音二六：“姐姐同我把水看，你看那湖中鱼游来……游去，游来游去上下番……”看到满园花开争奇斗艳，我便会表演起《火焰驹·表花》一折里的欢音二倒板“清风徐来增凉爽”。

红博导笑着打趣说：“老佩这么热爱唱戏，干脆调回陕西到戏曲研究院继续唱秦腔得了。”

春天来了，随友人京郊游玩，看到青山绿水，花红柳绿，我不由得哼唱起《游西湖》中裴瑞卿的小生欢音二六：“艳阳春色惹人爱，桃红柳绿迎面来，好山好水我不爱，春风笑我太无才。”不怕你笑话，真真戏痴的我也是无可奈何呀。秦腔唱段多是以苦音见长。我最爱的、最擅长发挥的也是苦音戏。比如：《三娘教子》《探窑》《盼子》《庵堂认母》《窦娥冤》，等等……但由于和大家聚会，考虑到现场感受，所以，就选择一些轻松的、愉快的唱腔与大家分享。久而久之，就形成了自己的演唱风格。

总之，说也说不完，道也道不尽。

魂牵梦绕是秦腔，最爱是秦腔啊！

2016年1月1日

我为购物狂

哎，真是上年纪了！稍稍跑点小长途，就会感到特别犯困。就连购物这种最能令我提精神的事也未能阻止我眼皮子耷拉下来的局面。陪同美女闲逛一下午，本想给自己的眼睛过过生日，没承想还成了别人的负担。喝了美女买来的两瓶果汁儿提提神，勉强逛完了最后一个项目。还好，最大的收获是钱包没咋瘦下去；最痛的领悟，是自己真得服老了，别再整天把自己当年轻人对待了。心态可以年轻，但运动还是适可而止吧！天生购物逛的这个名号，该舍还是舍了吧。

但说实在话，我还是喜欢逛街的，逛街不单单是为了购买，而是逛的一种心情。在琳琅满目的商品中来回穿梭，摸着质地不同的布料，试穿着风格迥异的衣服，不但让自己的视线不断刷新，关键那刻的愉悦感是无法代替的。当然，如果淘到了可心的战利品更让人开心不已。在这点上，我绝对是个行家。除了工作，购物就是我最大的乐趣了。从早年赶场子参加北京城的外贸服装展览会，在露天体育场如蚂蚁般的地摊上，挟裹在熙熙攘攘的人群里，在不绝于耳的喧叫声、讨价还价声中抢购的尾单时装，发展到寻访遍市区内大小各异稍有名气的外贸店。十几年来的经验汇总，使我能如数家珍般地分清哪条街上货最好，哪家的货品摆在什么位置，是原单还是仿制品。身边的女友以及家乡的来宾都受我感染，在我的导游陪同下，着实给北京的外贸服装市场做出了杰出的贡献。

但凡我出街逛店，必定是收获满满。有句话叫“贼不落空”，这句光荣称号就是熟悉我的朋友赐予我的。当然，这也是根据自己钱包的肿胀程度来决定哒。可能是因为小时候家庭条件差，常常对漂亮的服装充满幻想，所以现在就对自己做最大的补偿。嘿嘿，说到这一点，试衣的快感是你坐在家中电脑前所感受不到的。

但话又说回来了，如今的网上购物还真给工作繁忙的人们提供了很多的方便。不但生活用品一应俱全，就连电器、家具、服装等都能坐在家中，轻点界面便可顺利到家。只有你想不到的，绝没有买不到哒。再不用跑遍市区，大包小包地托运，就连这停车费都省下不少呢。真真省了不少麻烦！

但是，网上购物也是要讲究技巧的，不能盲目购物。而且要货比三家，精挑细选。万万不可囫囵吞枣，稀里糊涂地随便下单。天生粗枝大叶的我就会经常出错。

这不，时光又倒回了……

11 月 11 日——光棍节，也是神买纪念日。从 11 日凌晨开始—秒杀—神抢……24 小时大战直到昨夜凌晨。还没耽误去传媒大学参加大学生文学作品颁奖活动和晚间的朱记家宴。今天早上七点起，老佩就不时地被快递敲门声打扰！一件件大小不齐的各色货物悉数亮相，生活用品一应俱全（本来家里就不缺），这堆得小山似的进货我可真的是无处安放呀！拆包装时也没了以往的欣喜感，倒是百分之三十左右的买货失误令我有稍许烦心！下单本是五个一套的办公椅万向轮结果变成了整整一箱的小轮子。钱花多了尚且不谈，就说这么多的轮子我可把它安装在哪儿呀？再说说这款韩国惠人榨汁机，网上评论口碑不错，原价 5990 活动价 2290 再赠超值的海尔扫地机器人等六件大礼。如此诱人怎能不抢，老佩眼明手快，刚到零点立即下单，心想，超值的东西实在太受用了。翻看一下订单战果，咦！赠品单里的海尔扫地机器人怎么消失了？再细翻产品活动说明，前 20 名可得扫地机器人。我顿时这个失望噢！合着我这么快的速度也没跑到前面，看来抢民高手巨多啊！再看这款燕窝蒸煮壶，原价 1990 抢购价 450，此时不抢更待何时，不等看清产品规格，便快点界面立马入手。快速付款后查阅产品说明，额滴神啊！你可晕死额咧！这跟额去年抢的蒸蛋壶有啥区别嘛！立即申请退款，窗口无应答，闹心一会儿先歇着，热闹过后再说吧。看看这满满的战果，再想想我瘦瘦的钱包，老佩好似有些心疼了！冲动是魔鬼，购物要理智！聪明不过商家，这种游戏以后可真的得慎入了！“咚咚咚”敲门声再次响起，“稍等、稍等”，老佩又得收货了！

2017 年 12 月 20 日

秋季到温州来看海

去温州看海，是在去年的10月下旬。这完全得益于一位友人的邀约。因为在此之前应该是4月初上，我曾与这位友人提到想学着写一篇关于大海的文章。他当时沉思了一下，然后说："上车，去看海。"我这一头雾水地跟他上了车，一路向西。到了香山脚下的植物园门口，他停好了车，买了两张门票，便招呼着我进园参观了。满园花儿争奇斗艳，色彩斑斓，实在是有些好看。但这跟大海可没什么关联啊？他将我带到湖边指着湖面说："真正能写好大海的作家，不一定非得见到大海才能写出好文章，如果心中有海，湖水也可以给你海一样的想象。你看这粼粼碧波，只观水面想象它的宽广，博大胸襟，抛弃你心中的杂念。静静地思考，定能写出一篇美文。"我不悦地说："你可真行，我这么笨的人，哪能有那么丰富的想象力，必须身临其境，才能激发我的创作灵感。"他哈哈一笑，说到："看你近来情绪不佳，故尔带你出来走走，看看花，看看水，这满眼的花红绿翠能为你解去一些烦愁。心中有海，愁肠便消。不过，欠你一次看海行动，择日一定补上。”

人们对大海的比喻却非常亲切而博大，“海纳百川”“面朝大海春暖花开”“大海啊母亲”，等等……

北方的人们对大海的印象是模糊的，以前只是在电视电影里看到大海，特别是小时候看过的电影——是在上世纪八十年代的一部电影《海霞》里面那宽阔的大海，英姿飒爽的海岛女民兵，给我留下了深刻而难忘的记忆。

先前虽到过几次海边，但大多是时间匆匆走马观花，从未与大海有过亲近的接触。

友人果然守信，此次温州之行，真让我心随海动，激动不已。来到温州，才知晓这里还有个洞头——自己真是孤陋寡闻啊。这次，陪同我们的是温州的一位著名建筑设计师王玉庆先。王先生是一个亲和力极强的人，虽是初次见面但却没有太多的陌生感。所以，我们亲切地称他老王。

老王祖籍内蒙古，在温州工作。有着北方汉子的豪爽耿直，又有南方人的细腻和周到。豪爽中透着一丝儒雅，是一个知识渊博而又极具幽默的人。看着他热情洋溢地给我讲述着洞头的故事，我还真有些感慨，一个内蒙古籍的男子怎么对南方的生活如此熟悉，对温州的一切那么热爱呢？

车子行进在路上………

到了洞头，我便被眼前这一望无际的大海深深地吸引住了。我情不自禁地向海边奔去……

晴空万里，强烈的阳光直射在黄澄澄的细沙上。眼前的大海与天同色。在大海和天空的交界处，一层层碧波缓缓地向沙滩这边漫延。波纹叠着波纹，浪花追着浪花，海浪镶着波花织成的银边，一会儿被前面的波浪卷入浪谷，一会儿被后面的波浪推上浪尖。海浪拍打着一堆堆礁石，溅起一朵朵浪花。

海，真的海，这才叫海，它同北方高原那片苍茫的土地一样，凝聚着一种无法言说的神秘的生命力。

大海仿佛伸出它的双臂将我拥抱其中，我感觉到了它的心跳，感觉到了它那博大胸襟赐予我的力量，感觉到了从未有过的豁然开朗。

海风在轻轻地吹着，轻拂我的面孔，是那么舒心，那么惬意，什么是烦恼？什么是忧愁？此时全抛到九霄云外去了。

这海，这礁，这一艘艘停靠在大海里错落有致的渔船，再看这浪花层层跳动，在阳光的照耀下，海面之上碧波荡漾……泛出涟漪银光……诗意般的美啊！油画般的色彩给人太多遐想……我简直美醉了！

秋日的海，少了夏日的燥热喧嚣，也没有冬日的肃杀，丰富的渔产与偶尔停在矶石上的海鸟，多了些韵味。我们来得正是时候啊！趁着秋日恰好，很期待去听听海风的声音……

在东海明珠的光芒里，我们此行的所见所闻自然也都离不开海：看海景，吃海鲜，登海岛，吹海风，听海浪，赏海韵……

眼前的一切都令我特别兴奋，满眼的美景都使我心旷神怡……

“朱老师，来到洞头，品尝海鲜是必须的，我们先吃饱再参观可好？”老王的呼唤声令我驻足，还是听主家的安排，游玩从美食开始，吃饱了再好好欣赏这大好风光吧。

这家大排档在此地非常出名，据说要提前预订哦。老王是这里的老熟人了，我们到达档口，老板便满脸堆笑迎了上来，并与老王热情地寒暄着。不一会儿，鲜香美味佳肴上桌了，香飘四溢，香煎红龟圆、蛏王紫绣球、秘制水潺烙、鲈鱼豆腐汤、文武状元汇、琥珀蛏子羹、水煮蛸蛑、三丝敲鱼……哇塞，都是我的最爱哦，此时也不用假装文静，待俺撸起袖子，大快朵颐……边品尝美食、边慢慢地睁开了诗情画意的眼睛，听友人们兴高采烈地聊洞头。

眼前这一望无垠的大海，这海礁以及停放在海边的小木船画面令我情不自禁哼唱起："大海边，悬崖旁，风吹大海起波浪，渔家姑娘在海边哎……织呀么织鱼网，织呀么织鱼网。"昔日那些海岛女民兵、海霞的形象又在我眼前浮现……

洞头先锋女子民兵连，于我而言，是最早知道的许多海故事之一了。

这完全得益于当年那部脍炙人口的影片《海霞》。说的是东南沿海同心岛上的渔村姑娘海霞，在当地党政部门的领导下，配合人民解放军挖出暗藏特务，消灭来犯敌人，取得保卫海岛战斗胜利的故事。影片里的海霞、玉秀、阿洪嫂、彩珠等几个不同性格的渔家姑娘的形象给我留下了深刻的印象，尤其是她们在斗争中克服自身弱点的那个成长过程。哦，还得特别强调一下，当年小海霞的扮演者蔡明，现在已是家喻户晓的喜剧大明星了。

电影《海霞》播出后立刻引起轰动，反响特别强烈。渔家姑娘海霞那朴实善良、积极进取、艰苦奋斗、无私奉献的形象，平凡而又高尚的品质给我留下了永不磨灭的记忆……。

幽默的老王肚子里面的故事很多，跟着他游洞头，定会给你带来很好的收获和启迪。

吃罢午餐，我们便在老王的引领下沿着海边开始游览，映入眼帘的这一个个精美画面简直令人人赞叹不已……真是一步一景，步步称奇啊！

听，这是海的声音……

此时，一股巨浪向礁石上击去，溅起层层浪花……

“沙沙……哗啦……”

这是海风和海浪的和声。

大海的声音，让我明白了“海纳百川”的真正含义。海的胸襟多么宽阔，海的那头是那么的遥远；海的内心是宁静的、祥和的，它没有一丝丝的抱怨。“沙沙……哗啦……”这声音是那么清新，仿佛在一点一点地为我拂去心中积尘。心亮堂了，我陶醉了！我将眼前的美景用手机拍摄记录下来。真是奇妙，手机镜头里的海面竟泛出桥梁形七彩光芒映于海面之上，绚丽辉煌，简直太神奇了！我惊叹着，仿佛是在梦境之中……大美洞头！最美海上！

要说最不争气的当数我这双高跟鞋了，沿着海边行走，前拧后扭，实在太掉链子。思索再三，索性将鞋子脱下拎在手中，光着脚丫追赶队伍……

不断切入的海面宛如一幅幅美丽的图画，它将你融入其中，把你拥抱怀里，幸福感油然而生。这时哪还顾得上脚被礁石硌得疼不疼，大海的力量真是无穷啊！

继续前行，沿途的巨石摩天、奇峰秀礁尽观眼底，美不胜收。双脚实在太疼痛，我便在旁边的石凳上小歇一会儿。脚痛稍有缓和，我便沿着林荫小道，在盘根错节、崎岖陡峭的路面上继续行走……

听涛、观海、赏石……

洞头美景之中，最令人心怡，最令人难忘的，就是半屏山了。

半屏山是坐落在洞头港口的一个孤岛，半屏山沿岸断崖峭壁，犹如刀削斧劈，山成半爿，直立千仞。连绵数千米的海上天然岩雕长廊在全国堪称一绝，被誉为“神州海上第一屏”。故有诗曰：“丹浮碧水白云间，搏浪轻鸥意自闲。一眼沙平堪画处，诗意醉在半屏山。”

同行的朋友们在龟石旁的小庙前稍作歇缓，我按捺不住沸腾的心情，竟催促老王继续导游，我跟随着他踩踏着怪石的脚印，登上了陡峭的仙叠岩。

仙叠岩背山面海，山崖绝壁千仞雄立，怪石嶙峋，石与石相叠斜倚，势似将坠，岌岌可危，任凭风吹雨打，却稳如泰山。因岩石像是仙人随意堆叠而成，故曰“仙叠岩”。我站在悬崖之上，听惊涛拍岸，看脚底下的断崖峭壁。奇了！我这平日里有些恐高的人非但不害怕，反而兴奋不已。站在这个角度望大海，感觉应该用“震撼”二字来形容。

我仿佛与大海融为一体……

老王指着远处伫立于海中央的半屏山，认真地给我讲述着它的故事……

“半屏山，半屏山，一半在东边，一半在西边，阿妈头上插的花，开在两边的山坡上。”这首民歌，洞头的人们从小就唱。那时候，不知道后面还有个美丽的神话故事：福建半屏，台湾半屏，原为一座绣屏。此山美姿丰韵招来苍帝妒忌，命神一劈为二，实则山水相连。

说罢，老王又动情地讲述了另一个传说：“那是很久很久以前，台湾岛和祖国是连在一起的，台湾是祖国东南面的一个半岛。台湾岛上的半屏山，和大陆上的半屏山原本是一座山，名叫南屏山。南屏山的北坡住着一个叫水根的小伙子，他平日以打猎为生；山的南坡住着一个名叫石花的养蚕姑娘。他们经常对唱山歌，渐渐地产生感情，日久天长，感情越来越深。这年他们约定在八月十五成亲。然而，这件喜事却让南海一个邪恶的龟神知道了。它从海中蹿了出来，举着斧头一阵乱砍，驱走了喝喜酒的乡亲们，并一脚把水根踢下了北山坡。它逼石花，强迫她到南海和自己成亲，石花怎么也不肯。它便拉起石花就要走，石花死也不从，她牢牢站在南屏山的山顶上，不肯挪动半步。龟神火了，它举起巨斧猛地向山峰砍去。只听咔嚓一声巨响，火星四射，顿时，山摇地动，南屏山被砍成了两半。接着又是一声巨响，大地裂开了一个口子，滚滚涌来的海水很快把大口子填满了。半岛慢慢地漂离了大陆，中间的大沟变成了难以逾越的海峡。一座完整的高山就这样被分成了两岸。龟神拖着筋疲力尽的石花随着漂流的半岛离开了大陆。当石花醒来，发现自己已远离了家乡，心中别提多难过了。日日夜夜都在思念水根，时时刻刻都盼望着回到大陆。后来，石花姑娘死了。她变成了一座洁白如玉的人状大石，名叫望夫石。直到现在，这座望夫石还耸立在半屏山下的海滩上，像是在遥望大陆的亲人。”

话听到此，才知此地竟然离台湾已不远，短短的几十海里！若是陆地，出租车用不了几个钱！若从地理学的角度说，我已踏上连着台湾的岩脊！若海水降百米，我想我就可以跑到台湾！台湾，遥远的台湾你原来离我并不遥远！缥缈的不是大海，缥缈的是隔阂的人心。大海其实不大，我们祖国的心海才是最大，台湾，你不光是存在于我的心里，你实实在在就和祖国连在一起！

此情此景，不由得让我怀念起了一位可敬的老人，也是我的乡党，祖籍陕西三原。他就是国民党元老，中国近代的政治家、教育家、书法家、爱国诗人于右任先生。他晚年时写的那首感人肺腑的诗作——《望故乡》仿佛在山海之间回荡……

葬我于高山之上兮，望我故乡；故乡不可见兮，永不能忘。

葬我于高山之上兮，望我大陆；大陆不可见兮，只有痛哭。

天苍苍，野茫茫，山之上，国有殇！

2018年3月18日

剧照背后的故事

回到农庄，找到多年以前的一组剧照，甚是开心。仔细观看，心里却有一丝丝的失落，鼻子酸了，眼泪也不自觉地流了下来……最爱是秦腔，最眷恋的是舞台啊……我还能不能重返舞台唱秦腔呢？

手中这几张发黄了的剧照是1989年陕西中年演员秦腔折子戏大赛时，我当时所工作的省戏曲研究院秦腔团花脸演员徐静安老师的参赛剧目《包公赔情》，我给他配戏，演的嫂娘。当时，这出戏的导演是张全任老师。可惜这位热爱了一辈子秦腔艺术令人敬重的老师几个月前因病去世了。他那沙哑的声音，在排练场十分投入地一遍遍启发我们，为我们做示范的场景我是怎么也不会忘记的。老师与我的父母也很熟悉，给我亲自辅导过几出戏，最有纪念意义的当数1989年我们秦腔团排练，大型秦腔现代戏《江姐》了。那可是院里的一台重点剧目啊，参演的都是团里的重量级演员，著名秦腔表演艺术家郝彩凤老师扮演江姐，著名演员卫保善老师演游击队长老蓝，著名青年演员徐新仓扮演江姐的儿子华为，全国第三届梅花奖得主著名青年演员李东桥演叛徒甫志高，资深演员徐炎老师扮演反面人物沈养斋，唯有我年纪最小却被选中在剧里扮演年级最大、德高望重、智勇双全的双枪老太婆。当时，团里颇有争议，但张老师却坚定地说："这娃没问题，很会演戏，一定能完成好这个角色。"《江姐》上演后反响真的很不错，虽说扮演江姐的郝彩凤老师比我大二十多岁，还要演我的晚辈，但在舞台上丝毫没有违和感。我清楚地记得华莹山的那场戏，也是我的重头戏。开场时我背对观众，双手叉腰，远望群山的剪影造型又在眼前浮现……在尖板"热血染红满天云"的演唱中二幕徐徐拉开……"革命人，永远青春，永远青春，永远青春……"台下掌声雷动，至今忆起都会使我热血沸腾……面对江姐，心里暗自酸痛和矛盾纠结，彭松涛被敌人杀害的消息要不要告诉江姐的那一段与江姐的对唱："切把悲痛压心头"，把革命人的高尚情怀和大义凛然的英雄气概要表现得淋漓尽致。记得我刚被迫离开舞台，漂泊在外的时候，老师曾惋惜地说："哎！这娃天生就是个演戏的料，舞台感觉太好了，不唱戏真的太可惜了。"老师对我的期望和他的话语，我一直深藏在心底，十分感恩！

哦，还是继续说照片上的事吧。那时我刚刚二十一岁，除了给徐静安老师配演《包公赔情》外，我还参演了黄孝贤老师（当红影星苗圃的母亲）参赛剧目《杀狗劝妻》，在里面配演了被虐待的婆婆曹母，给青衣演员朱彩娥老师配演了《桑园会》里面的老旦角色。连续几场的亮相给评委留下了比较深刻的印象，还凭《包公赔情》这出戏额外斩获个优秀配演奖呢。真是意外的惊喜，收获满满呀！

这张背着靠旗，头戴翎子，脚踩厚底靴子的剧照是我在1990年参加省戏曲研究院的“迎春花”青年演员折子戏大赛时的剧目《花枪缘》的剧照。这是由京剧《对花枪》改编的一出文武兼备的老旦戏，剧中与夫君罗成见面时又爱又气又恨边唱边对打时，运用了小快枪以及单腿独立摆朝天凳亮相，罗义败阵后的枪下场里运用了大武生的空投背接枪，鹞子翻身，跺步亮相等戏曲技巧中的高难度动作。这出戏是由著名导演胡正友老师执导，我的老爸朱文艺负责剧本移植。杨通民老师也曾精心为我辅导。特别有纪念意义的是我穿的这身黑色大靠，盘花中的金线竟是用真金制成，非常名贵，是团里的镇箱宝之一。这出戏最后的一大段唱腔四十多句，尖板、二倒板、拦头、慢板、跺锤子这些秦腔板式都汇聚其中。不管文戏或武戏，难度系数都很大。那时我天天泡在练功场，吃饭都背着靠旗，穿着厚底，每天都是汗流浃背。感恩两位导演的严格要求和悉心栽培，《花枪缘》终于与观众见面了。热烈的掌声是对我辛勤付出的最大回报！

这张《盼子》的剧照是1997年拍的，这是一张至今想起都让我激动不已的，转变了我命运的纪录照。为什么这么讲呢，这事就要退回到1990年年初了，那是一件在特殊的情况下发生的特殊的事情。我不想回忆那些难过的往事，只是说明一下，从那个时候起，我就被迫离开舞台长达七年之久，没有工作，没有收入，过着自生自灭的日子。为了生存，我摆过地摊，组建过时装团，还远下南洋做起了小贸易。

那是1997年，陕西省文化厅要举办全省青年演员折子戏大赛，当我得知后便满血复活，跃跃欲试。于是，便去拜访我的师傅，秦腔团的著名演员王婉丽老师。师傅一直以来对于我的遭遇非常同情，所以她说：“女，只要你真的爱戏，真正能下功夫排戏，老师就把看家戏《盼子》传授给你，至于能不能参加比赛，咱们再多想办法。”打那时候起，我就扎根在师傅家里学戏了。师傅要我多观察模仿她的母亲、近九十岁的老奶奶的走姿、眼神、神态，不厌其烦地一遍又一遍示范指导。十几天后，我终于以自费的形式参赛。但不能登上剧院的剧场舞台，只能选择中午在秦腔团的排练场里化装参赛。那承想，我开场唱的二倒板：“忆往事心酸痛悲凉凄惨，一桩桩一件件如在眼前……”第二句最后的拖音便赢得评委热烈的掌声。尤其到后面出门三看路，期盼儿子悲伤难禁的那句道白：“张、张、张继保……你可知为娘……我在盼你呀！”我喊得声嘶力竭，评委们也泪流满面。我还清楚地记得著名秦腔表演艺术家马友仙老师代表评委发言时说：“好，太好了！这娃真的把角色演活了。我很少表扬谁，但今儿个我真的被这娃感动了。”听了马老师的评语，我激动得热泪盈眶。演出成功了！我们师徒相拥在一起开心地笑了！凭借这出戏，我获得了本次全省大赛一百多个参赛剧目的头奖头名。站在西安市人民剧场的舞台中央，捧着红色的获奖证书，我激动得热血沸腾，眼含泪花……。

得此殊荣，也转变了我的命运。

后来，我就被秦腔团再次召回，又回到了我日思夜想的舞台之上。

这是回团后的第一大戏《长城歌》里的华母剧照，这处新编历史剧《长城歌》可是团里的重点剧目，全剧里面只有两位旦角，闺阁旦和老旦，能在这么重要的剧里演女二号那是多大的荣耀啊！这个造型有点电视剧的感觉，我扮演千里到长城给儿子送寒衣的老太太，这时候戏曲舞台声光电、音乐等都比我当年在团里时先进多了。投影里正在修建的气势雄伟的万里长城，舞台上徐徐落下的鹅毛大雪，我在十几个送寒衣妇女的伴舞中唱到“顶风冒雪送寒衣，一步一跌倒雪地……”剧场掌声响起，看戏的爸妈也激动地为我加油。

时光荏苒，转眼已是二十多年了。

这组《白蛇传》《拾玉镯》《三对面》的剧照拍于十年前，那是我工作调动到北京之后拍的。因为太多的艺术加工和修饰，反而显得不真实，所以，我不是很喜欢。

翻到这套剧照，我不由得留恋起了我们的北京春晖票友剧社。那是由一帮北京的秦腔爱好着自发组织的。里面有国企老总、银行行长、工程师、会计师、私企老板、国家企事业单位等社会精英及退休干部。那时候，我们常常利用周末时间聚集在距离市区很远的邻近通州双桥镇，在企业家郭总的玻璃厂提供的办公室里集中排练。热情的郭总还为这几十号人员提供午餐、茶水。他的夫人还负责剧社里的戏箱管理。当时，有车的开车，没车的乘公交倒地铁，不管周末天气如何，认真排练从未间断过。在星星小剧场我演过《表花》，在国家剧院清唱过《砍门槛》，梦剧场我与爸妈同台演出，我演《五典坡》中的《探窑》里的王宝钏，爸妈演《赶坡》《回窑》中的薛平贵和王宝钏，表姐王丽娜清唱成名作《砍门槛》，剧场掌声不断，我们全家竟然在京城唱响秦腔了，简直如做梦一样。当时老爸老妈那个激动哦……

最俊俏的这张剧照是秦腔传统戏《火焰驹》里《打路》那

折戏我扮演女主角黄桂英的造型。这张珍贵的照片，不由得让我想起了在梅兰芳大剧院演出的那场《火焰驹》，你敢想象吗？一帮票友把秦腔戏演到令无数专业院团都向往的中国戏曲的最高圣殿，而且还是一票难求，是多么令人难以置信，多么令人自豪的事情啊！我眼前似乎又出现舞台上的瞬间，我耳边仿佛又响了那雷鸣般的掌声……

这一张张珍贵的剧照背后都有一个个令人难忘的故事。每每看到它们，都会勾起我对许多往事的回忆……

魂牵梦绕是秦腔……最爱是秦腔啊！

2018 年 4 月 2 日

我在茶园唱秦腔

在茶园子里唱秦腔，是上世纪九十年代的事情了。记得那是刚从马来西亚回到西安，那日闲来无事，游走在南城墙下。说真格的，还真真留恋那时候的妙曼身材，1 米 67 的个儿配上 103 斤的体重，脚蹬 37 码白色高跟鞋，身穿卡腰韩版的西装小俏裙，悠闲自在品味着城市的变化，城河边一群人的起哄声引起我的好奇，去近一看，原是在围观两个老人下象棋。既来之则安之，我所兴把裙摆一掖，也蹲在旁边跟着看起热闹来。围观者不解地望着我，感觉我像一不明物。不一会儿工夫，一阵熟悉的秦腔曲牌响起，围观者纷纷离场向前方墙根方向拥去，我也好奇地跟在后面一观究竟。哦，原来这里要演戏啊。我也赶紧在眼前这一排排的折叠椅上落座，开心地欣赏起了秦腔。这时，只见一位中年女子走了过来，将手中的本子递给我说："十块钱点一段，这上边都是演员和唱段名字。请问你点谁唱？"嘿嘿，好玩！我翻看了一下随即问道"我点我唱行不？"这女人有些诧异，上下打量了我一番，笑着点头说："莫麻哒，你稍坐一下，这一段唱完就安排你唱。”台上主持人说：“下面由我们现场尊贵的客人朱女士为大家演唱一段《西湖山水还依旧》，大家掌声欢迎………”在观众热烈的掌声中我走上了这个简易小舞台，“打……”鼓师板一起，乐队跟着响动了。此时，我真是激动得心在颤手在抖，发自肺腑地、一板一眼地唱起了久违的秦腔。“王老板搭红两条……李老板搭红三条……”旁边主持人的喊声，加之随即上台给我身上披红挂彩的举动直接把我吓得忘记了唱词。乐队灵活，连忙起了个二范，这才给了我余地，勉强唱完了这段。

正欲转身离去，老板呼喊到：“朱女士，等一下，把账结了再走。”只见他从买红的桌子那向我走来。“这是二十五块钱，你拿着，这是我们这儿的规矩。”老板介绍了一下情况我才知道，原来开茶园子是老板租场地，负责乐队费用。演员唱戏，观众搭红，十元一条的买红钱老板与演员五五分成。所以，我唱时搭红五条，自然会得到二十五元的分红。这新形式的出现让我很惊奇，但也很享受在舞台上表演的那个瞬间。有些意思！“这个分红钱你帮我搭给辛苦的乐队老师吧，谢谢你！明天我还会再来的。”我的话语是中肯的，态度是认真的。果然，第二天吃罢下午饭，我便如约来到了这个城墙边的小戏台下等待开唱。

不知不觉，类似的戏园子在古城悄然兴起，竟如雨后春笋般地三步一哨，五步一岗遍布西安的每个角角落落。

夜幕低垂，秦腔便开始弥漫在市区里的大街小巷。“雄鸡一唱天下白，秦腔一吼九州动。”

秦腔，像是从秦岭发出的呐喊，像是自黄河发出的咆哮；

是每个秦人发自心灵深处、发自肝胆、发自肺腑的一声吼，带着浓浓的秦风秦韵，吼出声势、吼出声威、吼出声情，吼出五千年文明，吼出八百里秦川的精气神。秦腔这一声吼，百转千回，九曲回肠，点亮了秦人的心火，响彻了长安城的夜空……

痴迷于秦腔的我，也就自然成了戏园子的常客了。

那时候，许多区县剧团少有演出活动。热爱秦腔的人们一时没了舞台，便蜂拥而入西安，有的从区县来，有的从甘肃、新疆、青海、宁夏来，也有爱好秦腔的业余演员，他们在戏园子里登台献艺，一时间，秦腔在西安沸腾了。戏园子成了他们施展才情，娱乐百姓的场所。仅举一例子，从端履门直往南的这一条商业街为柏树林，街道两边商铺林立。城门外正对着文艺路，陕西省歌舞剧院、陕西省乐团、陕西省戏曲研究院、陕西省京剧团等众多文艺团体汇聚在这里。短短的这段大约几里地路程，就有近十家十分红火的秦腔茶园子。

秦腔茶园的出现，唤回了曾经的艺人，让他们再登舞台，重操旧业，在一定程度上让秦腔得以继承和发展。

常到秦腔茶园表演的演员，一般为改行的专业演员或从外县涌入的业余演员，也有在职的专业演员应邀演出。

演员与乐队，大家都很投入，演员一板一眼，字正腔圆，乐师演奏娴熟，余音绕梁。不过，当时在茶园子里唱秦腔的多数是女性，有点阴盛阳衰，倒有反串弥补，行当虽然不全，但经典唱段却非常丰富，甚至会听到一些很鲜见的唱腔老调，实属珍贵。如果遇到男女对唱，表演也是两个女演员完成。后来，随着茶园的红火劲儿，男演员们也渐渐地多了起来。

因为痴迷于秦腔，茶园子便是我唯一能过把戏瘾的地方。

久而久之，就有了一天不唱心发慌，还真的有些依赖茶园子了。

当时茶园风靡古城，热闹非凡……

但茶园唱戏没固定的演员，大家都是在每家茶园子里轮回赶场子。有陆续从外边赶来的演员，本场的演唱者多数唱完就走，行色匆匆地去赶另几个场子。“铁打的营盘流水的兵”这句话用在茶园子里再合适不过。

2000年初秋，一个偶然的机会，在西安我结识了一位热爱秦腔的新加坡籍陕西乡党，他在西安大南门外城墙脚下开了个亚童梦国大茶园，其规模之大，环境之美当数西安第一了。谈起秦腔，我们就特别投缘，大家一拍即合，便将他投资上千万的场所改变为高端的秦腔演绎场所了。外观似绿色昆虫的1600平方米的大充气包室内小桥流水，亭台楼阁，幽静的竹林旁摆放着功夫茶台，又有古筝演奏雅音相伴。曾经的演艺台被我布置成了较为专业的秦腔大舞台。音响灯光全是由省戏曲研究院的专业人员装置。演出节目丰富多彩。每晚都会邀请几位著名秦腔演员登台表演。演出节目丰富多彩，形式多样，喜闻乐见。生意红红火火，观众络绎不绝。当时，我们还与旅游部门合作，经常会有国内外的游客到此观看演出。一时间，红火的亚童梦国成了西安市一大热点。兴盛时，报纸媒体还为我做过主题报道——《朱佩君和她的亚童梦国》。

转眼间，这已是十八年前的事了。

2005年，我随中国作家采风团回家乡参加活动。热情的西安企业家王君给我们安排了一次茶园听戏。还特别邀请了陕西省戏曲研究院的著名须生刘随社，花脸胡林焕两位艺术家前来助兴表演。因为在此之前，北京的很多老师对我过去的经历并不很了解，更不知道我以前唱过秦腔。在茶园刚刚落座一会儿，猛地，我竟然被后面的来人一胳膊搂在了桌面上，她边说道：“你个货，好几年都没见了，你到底在哪个园子唱哩？”我扭头一看，差点笑出声来。原来是我的省艺校同学晓枫。“伙儿，一会儿叫你的这些朋友们给我搭些红，等你唱时额再给你联红。”作家老师们好奇的眼光让我有些不好意思，便把身上的唐装高耸的领子往上提了一下，以缓解尴尬的气氛。这时，又从门口走过来一位着装时髦风风火火的女人。她边向我走来边有点指责地说：“哎！伙儿，这么多朋友你不带到咱自己的园子，在人家这送钱哩！”嘿嘿，又是老相识。我急忙起身迎了上去与她拥抱。在场的作家老师们似乎看出了端倪，交头接耳说：“小朱咋在西安的戏园子里有这么多熟人呢？”这时，坐在对面的花脸演员胡林焕上前解围说：“其实朱秘书长先前在我们陕西省戏曲研究院秦腔团工作，她很会演戏，是一位很好的演员。后来调到北京高就了，所以离开舞台了。”哈哈，神秘的面纱掀开了，也没啥可隐藏的了。我爱秦腔，我骄傲！在老师们的强烈要求下，我满怀激情地走上了小舞台，一段激情饱满的《杨门女将》中佘太君尖板：“一句话恼得我火燃双鬓……”在茶园唱响，洪亮的声音，热情的掌声在秦腔茶园回荡……

熟悉的茶园，熟悉的舞台，熟悉的乐队，熟悉的秦腔人，一切都是那么熟悉……

日本剪影

4 月 12 日　飞抵大阪

飞机到达大阪关西机场已是晚七点半左右，日本方面的地接导游早已在出口恭候。以最快的速度做了相互介绍后，我们便在南浩国导游的带领下乘坐大巴前往下榻的酒店。关西机场是全世界第一座 100% 由填海造陆工程修建的人工岛机场，同时也是一座海上机场，堪称建筑界的奇迹，关西机场距离大阪市 38 千米，在 1987 年动工，1994 年 9 月 4 日投入使用。南导如数家珍地给大家做着介绍。50 分钟后我们便到达酒店。（不好意思，还没搞懂酒店名字。）酒店很袖珍，但设施齐全，非常干净。室外温度温润宜人。先好好休息一晚，明天开始大快朵颐。

4 月 13 日　购物达人

早上吃罢早点，我和闺密及两个小朋友开始从桜岛出发搭乘电车来到梅田站然后再换去往新斋桥的地铁，在没有导游没有翻译的情况下竟摸索出准确的线路实属不易。到达新斋桥商业街，静悄悄的，懒惰的日本人到这时候还不开张啊！所幸天气晴朗，空气清新温润，异国街头休闲散步倒也显得浪漫惬意。日本的街道真的好小，不一会儿工夫，我们竟穿过了几个街区。11 时许，隐约地看见前面不远处已排起游龙似的队伍，走近一看，原来是这家网红药妆店正在准备开门营业。我们相互会意了一下，大家一致通过不凑热闹，继续向前探索好店。这不，不过一个时辰，这大包小包满满当当地占领了双手。时间晃得真快，不觉得已到午时。大家都觉得有些饥肠辘辘，便就近在一家日餐店午餐顺带歇歇脚。正如南导所介绍，小日本真的什么都小，饭馆小得转不过身，手里的大小包包无处安放，洗手间娇小可爱，工艺洗面台如碗口大，马桶正常尺寸，但立于旁边的纸筒袖珍型的竖着的小方盒子让你都不忍心使用。古着店在日本很火，几乎来日本的游客没有不光顾古着的。来前朋友曾向我推荐过，加之事先做的旅游攻略里也有介绍，此次前来，古着淘宝必是一个重点的项目之一了。新斋桥的古着店三步一哨，五步一岗地遍布在商业区的大街小巷，二手名品货物繁多，数不胜数，使人眼花缭乱。我们这些执着的淘宝人拎着沉重的战利品，挨街串巷地遍地寻宝直至夜幕降临……

4 月 14 日　走进奈良

四月的奈良，刚刚过樱花盛开的季节，但游人依然很多。

春日的奈良，显得安逸又祥和。公园花开遍地，绿树成荫，令人心旷神怡，潺潺的流水、池塘和小溪也为公园增添了许多色彩，在树林中隐约可以望见寺庙的大屋顶和塔楼。要说最可爱的，当数公园里随处可见的小鹿了。它们或是三五成群地静卧在树荫下休息，或是默默在草地上觅食，或是相互嬉闹玩耍，或是走到你面前来弯下头蹭蹭你，非常讨人喜欢。野生鹿群悠闲自在地在公园每个角落游走，与游客们互不干扰反而非常融洽。

妮妮买了一点吃的来喂鹿。机灵的小鹿们一嗅到鹿饼味立即把我们包围起来，争先恐后地抢食吃，面前这一群憨态可掬的鹿儿搞得我目不暇接，一瞬间，手中鹿饼便被抢光。一只小鹿咬住我的衣角，另一只则咬住我的丝巾不让我离开，实在太可爱了。女儿用她手中的相机为我们记录了这可爱的瞬间……

东大寺是世界遗产级的文物。大佛殿是世界最大的木结构的殿堂。确实很值得一看。

鉴真大师六次东渡日本，曾在东大寺传授佛教。在佛教建筑、雕塑等方面，他也颇多建树。据《唐大和上东征传》记载，鉴真后归淮南，教授戒律，每于“讲授之间，造立寺舍，……造佛菩萨像，其数无量”。在医药学方面，博达多能，品鉴极精，曾主持过大云寺的悲田院，为人治病，亲自为病者煎调药物，医道甚高。鉴真大师圆寂后也葬在奈良。

4月15日　京都印象

今天未吃早餐，因为日本人时间观念特别强。集体出行千万不要轻易掉队，介绍说超时后司机最多等五分钟，到了时间一脚油门就出发，绝对不会等你。所以，我只能忍着饥饿，先行上车，向今日目的地——京都去者。南导的小笑话让旅途充满欢声笑语。可惜天公不作美，从昨晚至今一直阴雨绵绵。希望京都不要下雨，好让我们没有阻碍地开心参观。

高速公路的两旁绿色苍翠，古木成林。造型独特的苍松翠柏，百年老房尽入眼底。生态环境保护得很好，树、鸟屋等与大自然特别和谐地勾勒出一幅幅美丽的风景画。目光所及的事物都是那么干净，秀美。城中小河缓缓流淌，野生水鸭自由自在地嬉戏于水面之上。河水两旁的地面的沙土上点缀着各色野生花草，看似一幅美丽的风景画。

虽然天空阴雨飘丝，却丝毫没有动摇我们参观的兴趣。花色雨伞队伍穿过京都的特色街巷，来到了今天的第一个参观地——伏见稻荷大社。

日本伏见稻荷大社建于 8 世纪，主要是祀奉以宇迦之御魂大神为首的诸位稻荷神。稻荷神是农业与商业的神明，香客前来祭拜求取农作丰收、生意兴隆、交通安全。它是京都地区香火最盛的神社之一。

这里最出名的要数神社主殿后面密集的朱红色“千本鸟居”，是京都最具代表性的景观之一，在电影《艺伎回忆录》中也曾出现过。成百上千座的朱红色鸟居构成了一条通往稻荷山山顶的通道，其间还有几十尊狐狸石像。走进千本鸟居，老朽褪色的暗红色牌坊和光鲜亮丽的朱红色牌坊密集地交织在一起，透过阳光的照射显得格外壮观迷人，视觉上颇为震撼。

祇园其实就是京都的一个艺伎区，这里在现在可以说是京都最具有代表性的地区。我被眼前这貌似熟悉的唐式建筑所吸引，许多的游客都喜欢在这里休闲消遣，漫步在这古老的街巷，不一会儿，便有三三两两行色匆匆的艺伎与我们擦肩而过，我用好奇的眼光打量着这些个花枝招展扮相迥异的特殊人群。

行走在祇园，似乎会有一种梦回大唐的穿越感……

清水寺位于京都东部音羽山的山腰，始建于778年，是京都最古老的寺院，曾数次被烧毁并重建，后于1994年被列入世界文化遗产名录。

本堂前悬空的清水舞台是日本国宝级文物，四周绿树环抱，春季时樱花烂漫，是京都的赏樱名所之一，秋季时红枫飒爽，又是赏枫胜地。

清水寺的茶艺名列京都之首。

午餐后来到清水寺，大家显然有点累了。部分团员提出在外面小店小憩，顺便买点当地特产。我和闺蜜郑丽依然兴趣未减，深深地被日本的当地文化民俗所吸引，拖着疲惫的双腿拾阶而上，细细地体会着品味着……

4月16日　滨名湖之夜

滨名湖位于日本静冈县滨松市、湖西市的潟湖。南部与海相通，为日本第十大湖。面积65平方公里，湖周长114公里，位居日本第二。

昨天下午三点从清水寺出发，三个小时的车程来到了滨明湖，入住了温泉酒店。发自内心地夸一下，实在太完美了！美味的海鲜自助，风景优美的滨明湖，干净舒服的温泉浴。不过要特别说明，不要想象泡温泉会有多美的环境多大的汤池。就是在非常朴素简单的面积不大的地方，两个不足十平方米的室内泡汤池，但水质非常干净。室外湖边的空气十分宜人，我们住的酒店有些好玩，地面是四楼大堂，游客住四楼以上，泡汤在一楼，应该说是已钻进在湖里。挺好玩的！不由得想起了大西洋底来的人……

和女儿一起享受了日式泡汤后，我们便在闺蜜的房间开心地聊天，品小酒，吃甜点。可爱的女儿给我们摆了各种搞笑的造型拍照留念。

我喜欢这个娇小的酒店，让人视野开阔而又舒适安逸的房间……

雾锁富士山

富士山是日本国内最高峰，日本重要国家象征之一。是横跨静冈县和山梨县的活火山，接近太平洋岸，位于东京西南方约 80 公里。日本人民誉为“圣岳”，是日本民族的象征。作为日本的国家象征之一，在全球享有盛誉。它也经常被称作“芙蓉峰”或“富岳”以及“不二的高岭”。自古以来，这座山的名字就经常在日本的传统诗歌“和歌”中出现。日本诗人曾用“玉扇倒悬东海天”“富士白雪映朝阳”等诗句赞美它。

我们沿着山路盘旋，两旁参天松柏大树连山，从树缝中眺望富士山好神秘哦……旅游车到达山顶，瞬间，天气突变，雾锁山峦，别说拍照，近距离看人都是模糊的。加之气温骤降，一股冷空气袭来，大家纷纷向周边的旅游品商店跑去。去了一个卫生间的工夫，我就和大家失联了。我迷茫地环顾四周，如果用伸手不见五指来形容你肯定觉得夸张。可是，我真的实实看不清眼前的物景，找不到我们的队伍啊！女儿呢？我的女儿去哪了？焦急忙慌地给女儿拨打电话……寒冷加焦急使我变得有些个狂躁了！霎时间，雾漫开散去，拨云见天，眼前景物清晰展现……好玩！好玩！

4 月 17 日　漫步东京

错综复杂的东京地铁，你快晕死我吧！南导有重任，临时丢下咱。于是四大美女逛东京，迷茫于地铁线下……灵机一动，改打出租，贵就贵点，体验一下怕啥！

涩谷区是东京一个富有个性的行政区。不仅是东急集团公司的中心地，而且所有商业活动兴旺，这尤其体现在涩谷车站忠犬八公里出口处。

著名的百货店、时装专卖店、饮食店、咖啡店、游技设施、风俗设施等密集如云，是与新宿同样被列为“24 小时不眠之街”的城区。另外，目前所拥有的“年轻人之街”之美称，使得涩谷成为面向日本国内外各种流行的发祥地。

涩谷街头，悠闲游走……

4 月 10 日　宝贝思嘉

今天是日本之旅的最后一天，疲惫的我竟然超常发挥，醒来得特别早，看着旁边床上睡得香香的女儿，心里真的好欣慰啊！女儿虽已二十五岁，但我们母女俩一起旅游这还是第一次。

虽然旅途中会有一点点的小矛盾、小心结，但我们也算是有了很好的相互磨合相互了解的机会，学会了沟通，真的是很有意义。女儿真的很乖巧，心地善良，极具幽默，虽说不属于长得非常漂亮的女孩，但她确实是一个非常可爱的女孩。她叫“妈妈”时永远带着一种孩子的稚气，让你感到特别的暖心。当她拉着我的手与我并肩前行时，我感到特别的幸福暖心。这时候，平日里那些个孤独呀，伤感呀小矫情什么的，全都随风飘散了。干起活来，女儿和我神一般的相似，泼辣，干练，能吃苦。但她做事细心、稳重、办事老成。朋友们都很喜欢她，夸奖她懂礼貌，识大体，有包容心又特别的可爱，做妈妈的虽然嘴上说“还需努力”，但心里真的是暗自窃喜。

女儿从小随爷爷奶奶长大，与我也总是聚少离多。加之父母离异，所以从小就属单亲家庭长大，缺少父母的守护，对爷爷奶奶特别依赖。

庆幸的是，女儿并未受单亲家庭太多影响，且活得健康阳光。我之所幸啊！

带她出来旅游，是我一直以来的一个愿望。母女同行，旅途中可以增加了解，增进亲情。我和女儿都是属于个性非常独立的女性。

今天的东京，雾气弥漫天空，还似昨日，依然飘着雨丝……

比起京都和奈良的历史底蕴和地理人文，高厦林立，繁华都市东京似乎提不起我太高的兴趣，除年轻人喜欢的动漫游戏等类，再就是涩谷商业街的热闹景象比较有意思。本想让女儿体验一下迪士尼，但队友们对此不大感兴趣，就先顾大局，不要轻易掉队的好。

正在思考，女儿从后排拍了一下我的肩膀说：“妈妈，护手霜让我用一下。”我便将手中正在向脸颊抹擦的护手霜给她递了过去。女儿接过去一看，无奈地说：“妈妈，你这哪是护手霜，明明是润唇膏吗。你抹在脸上不怕黏吗？”听得出，女儿的埋怨透着一些心疼。看到女儿这个神情，我虽怨自己粗心，但又有一种被女儿重视的喜悦。我暗地感叹，哎！我怎么变得这么不爱惜自己呢？以前也是挺讲究的人啊，现在这是怎么了，连护肤品都不好好用了，真是更年期了吗？

东京掠影

浅草寺位于东京台东区，是日本现存的具有“江户风格”的民众游乐之地。到江户初期，德川家康重建浅草寺，使它变成一座大寺院，并成为附近江户市民的游乐之地。寺院的大门叫“雷门”，门内有长约 140 米的铺石参拜神道通向供着观音像的正殿。寺西南角有一座五重塔，仅次于京都东寺的五重塔，为日本第二高塔。寺东北有浅草神社，造型典雅，雕刻优美。

东京天空雾气迷漫，气温骤降，真真的有些阴冷，雨中参观浅草寺也只能走马观花，如蜻蜓点水般地意思一下罢了。和闺蜜二人走着走着，似乎有些迷了方向，仔细探寻终于找到了车场，险些儿耽误了大伙儿的时间。这会儿，感到又一丝暖意扑面而来，莫非马上雨过天晴？我期待………

银座除了购物也没什么特殊要说的了。但日本本土的品牌还是值得入手的，品质，款式，色彩均为上乘。三个小时的购物体验，我竟然没有太多的收获。不是货不好，本人控制得很好，不再盲目购物了。给我点个赞！

七天的日本之旅结束了，比起东京的繁华，我更喜欢历史底蕴深厚，民俗文化浓郁的京都和奈良，我感觉京都就好似复制的古长安，唐代风格建筑群保留得非常好。旅游好比走马观花，不能深入体验。我想，我还会再访京都的。

辫子的约定

2017年圣诞节的上午，我和陕西美女作家燕窝、诗人穆蕾蕾在周明老师的带领下向他们三个人的家乡—周至进发。一路上周老如数家珍般地又一次给我们讲着周至情结，仙游寺从发现到重建、多少名人来过，多少名家题词，多少领导关注等等……（这个内容我已听了几十次了，）浓浓的家乡情，为仙游寺重建一直奔波操劳的精神深深地打动着我。周老师意味深长的那句“习主席提倡人人要有中国梦，重修仙游寺就是我这一生的中国梦啊！”最让我动容。一个多小时的车程，我们便到了仙游寺。此时，天空飘着小雪，柔柔的雪粒儿撒在脸上瞬间即化。圣诞节下雪意境会更美！更何况我们来到了供有佛骨舍利的国家级文物保护单位仙游寺，更让此景多了一丝禅意！好美哦！一进寺院大门，周老师就开始进入导游模式，看着一片的字碑，我不由得回忆起2002年初来仙游寺的情景……光阴荏苒，不知不觉十四年就过去了。这十几年中，我多次陪同周老师回家乡，目睹了周老师为家乡所做的许多努力。真是倾注了很大心血啊！多么浓的家乡情！多么大的功德啊！还有值得高兴的事呢，原周至县委副书记张长怀先生听说周老师回乡，也早早地赶过来了。看见久违的张书记，不由得把我的思绪带回到2003年非典暴发的特殊时期。那时，我和周老师也是因回家乡参加活动被囧在了家乡，当时张书记特别仗义，没有嫌弃我们这些来自北京的家乡人。那时竟陪着我们走遍了周至的每个峪（周至有十八峪）。我写散文的启蒙教育源于周至这一方土地。老县城是佛坪的，但在周至的地盘上。是一个非常美的原生态景色保护区。在路过去往老县城半山腰的村子时，周老师和张书记各自讲了一个生动的关于乡间女子的“辫子”的故事。周明老师十三岁时，被父亲带着，脚下穿着一双草鞋，随父亲到人山里面去相亲，坐在女方家简陋的房子里，大人们在交谈，门帘掀起，只见门外的姑娘背身站着，又长又黑的麻花辫子给他留下了深刻的印象。后来，婚姻没有谈成，但那条辫子却永远地留在了他的记忆里。张书记的故事也大致相同，也是因为相亲的原因对女方的辫子留下了永久的记忆。我说：我小时候也曾留过辫子，但由于头发太过茂密，当时一条辫子可抵别人两条。妈妈也曾给我编过麻花辫子，因为太难打理，后来还是被剪掉了。可见在当时女人的辫子多么金贵啊！因此，我们相约每个人写一篇关于辫子的散文，这才激发起我的写作热情，引领我的心走向文学。张长怀先生曾经说过：“真正引领我走进散文天地的人，是周明老师。周老师是当今的文坛名人，也是我的乡党。头一回见他，是在一九九三年的“仙游书画院”成立大会上。开始，我还有点敬而远之的害怕。是他的平易近人和热情真诚感动了我。很快，我们消弭了距离。我有缘高攀上了名师，让朋友们羡慕！他说过：“在散文写作上，我追求的风格是平平淡淡。因而，我的作品也就显得淡淡平平。我时常告诫自己，要以乐观向上的心态为人为文，从世态炎凉中看出人生的美妙。美妙，原本就是平平淡淡。如果轰轰烈烈，那叫雄伟或悲壮，又回到世态炎凉中去了。我以为，那是史学家的事。在散文写作上，我是幸运的。每迈出一步，都有名人指点，恩师栽培！”这些话竟与我的想法神一般相同，我有着同张先生一样的幸运，在周明老师的引领下也受到很多大家、名人的指点和栽培。只是太缺乏像张先生一样的勤奋，想想看，还真的有负老师的良苦用心啊！

转眼又是几年没见了。张书记这些年一直笔耕不辍，佳作频出。让我感到惭愧的是关于辫子的文章我至今也未曾写出。祝贺他！来到周至倍觉亲，今儿个真的好开心！

2017 年圣诞节

看望舒乙老师

终于可以看望舒乙老师了，这是自舒乙老师三年前生病以来除家属之外的第一次特殊探视。

我们在约定的地方会集，在吴主任到达后一起上楼探视。

大家戴上口罩，轻声地走到11楼呼吸科重症监护室门前，在主任医师的安排下，两人一组进去探视。当我悄声走进舒老师病床前，眼前的情景真的让我不忍直视，病床上这位脸色蜡黄目光呆滞的老人是舒老师吗？我真不敢相信啊！我急忙拉着他的手轻声喊："舒老师，我是小朱，您还认识我吗？"好久都没有任何反应，无奈正欲离开时，他的手紧紧地攥了一下我的手指。也许他听到了，他还有意识的，一时间泪水不由得模糊了我的视线……

与舒乙老师相识已有十六年了，舒老师对我的关心和帮助怎么能忘记呢！我们曾多次去各地采风，记忆最深刻的当数2007年在中国作家走进环渤海的那次活动中，他唱的那首人们耳熟能详的俄罗斯歌曲《莫斯科郊外的晚上》，他那风度翩翩的舞姿。他那儒雅又绅士的气度，都给我留下了深刻的印象。最为珍贵的当数他泼墨挥毫给我写下的那幅书法“佩服佩服真君子”，当时可真把我给激动坏了！

由于当时我也经常在中国现代文学馆参加活动，也更少不了当时任馆长的舒老师的关照和支持。

记得我们共同去过的地方也很多，陕北子洲之行也让人记忆难忘，最令人惋惜的是那次同去的雷抒雁和何西来老师已相继辞世，但他们的锦绣文章却永远留于世人。

最让我感到荣幸的是舒老师曾两次为我画肖像，第一次是应朋友的邀约在钓鱼台国宾馆。第二次我和舒乙、周明两位老师一起到西安参加活动，游览完大唐芙蓉园后，舒老师在朋友的画室再次给我画肖像，并题写“佩玉香入水，君风浴天仙”，又和时任西安市副市长的张宁先生一起作画赠送与我。张市长画竹子，舒老师补蜻蜓，并幽默地题写“张宁画竹，舒乙补虫”。得此墨宝我真是三生有幸啊！

叹时光匆匆，不觉已过五六年了。这个外表长得斯文、儒雅，但骨子里很有些文人的清高和桀骜的舒乙老师竟然在花甲之年，才开始画画，没有师从任何画派，没有学过技法，而是从感情出发，从生活出发，用自己的方法画画。

他的作品《西北的田》《窗前小草依旧》《卢森堡公园》《小猫爪》《老爷树》等作品，无论是在国内，还是在国外展览时，都受到了高度的评价。他的画作题材广泛，色彩鲜艳，贴近现实，文学性浓郁，常常有奇思妙想和非理性的表现，突出表达生活中强烈的感受和独特的意境。美术界权威人士称舒乙老师的画非常有“笔墨情趣”。

如今，那个昔日里潇洒儒雅的老师躺在这无情的病床上是多么的无奈啊！

多么希望出现奇迹，希望舒乙老师有朝一日能重新站起来啊！

2018 年 5 月追记